Von Lea Fleischmann sind
als Heyne-Taschenbücher erschienen:

Dies ist nicht mein Land · Band 10/11
Ich bin Israelin · Band 10/34

LEA FLEISCHMANN

NICHTS IST SO, WIE ES UNS SCHEINT

Jüdische Geschichten

Aquarelle von Dudu Barnis

WILHELM HEYNE VERLAG

MÜNCHEN

HEYNE ALLGEMEINE REIHE
Nr. 01/7770

Genehmigte, ungekürzte Taschenbuchausgabe
Copyright © 1985
by Rasch und Röhring Verlag, Hamburg
Printed in Germany 1989
Umschlaggestaltung: Atelier Ingrid Schütz, München
Gesamtherstellung: RMO-Druck, München

ISBN 3-453-02906-2

INHALT

EIN MÄRCHEN ANSTELLE EINES VORWORTES: DER WALD

Irgendwo auf dieser Welt gab es eine kleine Stadt, die von einem dichten, dunklen Wald umgeben war. Dahinter erhob sich ein Bergmassiv, so hoch, daß die Spitzen der schneebedeckten Berge stets in den Wolken verborgen blieben. Die Menschen dieser Stadt glaubten, dort, bei den Bergen, sei die Welt zu Ende.

Sie begruben ihre Toten vor dem Wald, und das Totenreich war die Grenze zwischen den Menschen und den Geistern. Den Wald durften sie nicht betreten, denn dort herrschten die Götter und Dämonen, und nie hatte ihn eines Menschen Fuß entweiht. So lebten sie in einer festgesetzten Ordnung. Der eine bearbeitete die Felder, der andere baute Häuser, der dritte spann Wolle, der vierte buk Brot. Ein jeder erlernte das väterliche Handwerk und gab dieses an seine eigenen Kinder weiter. So war es immer gewesen, und niemandem kam es in den Sinn, daß es anders sein könnte.

In dieser Stadt nun lebte auch ein Knabe, der nichts lernen wollte. Anstatt seinem Vater zu helfen, ging er tagsüber verträumt durch die Straßen oder durchstreifte die Felder und Weinhänge. Er hielt sich von den Spielen der anderen Kinder fern, und wenn seine Geschwister oder die Nachbarskinder auf Bäume kletterten, dem Ball nachjagten oder im Fluß badeten, stand er abseits und sah ihnen mit einem scheinbar unbeteiligten Gesicht zu. Niemand ahnte, daß dieses Kind die Fähigkeit hatte, Lebendiges und Lebloses zu verstehen. Stand er am Fluß, so hörte er ihn nicht nur raunen, sondern das Wasser erzählte mit gurgelnder Stimme seine Geschichte, es krächzte der verdorrte Ast, und es flüsterte der Stein am Bach, es wisperte das Gras, und es zwitscherten die Vögel, es murrten die Backsteine, und es ächzten die Balken, und jedes belebte Wesen oder leblose Ding erzählte, was es gesehen und wie es ihm ergangen war. Jeder Gegenstand, jedes Tier, jede Pflanze hatte seine eigene persönliche Geschichte. Jahrelang hörte der Knabe nur still zu, und als er genug erfahren hatte, begann er eines Tages selbst zu erzählen. Aber in dieser Stadt erzählten sich die Einwohner keine Geschichten. Und so war es das erste Mal, daß sie über etwas anderes als sich selbst erfuhren. Zunächst lachten sie zwar über das dumme Geschwätz des Knaben, aber langsam fanden sie Geschmack am Zuhören, und die Geschichten erweckten in ihnen ganz neue Gefühle oder veränderten alte. Wer traurig war, begann nach einer lustigen Ge-

8

schichte zu lachen und lachte so lange, bis er den Grund der Traurigkeit vergessen hatte. Wer fröhlich war, begann bei einer traurigen Geschichte zu weinen, und zwar so heftig, als gäbe es auf der Welt nur Elend und Schmerz. Ein jeder liebte den Jungen und bewunderte ihn um dieser einzigartigen Fähigkeit willen, jeder wollte ihn zum Freund haben und war von seiner Gegenwart angetan und geehrt. Es schien eine unendliche Fülle von Geschichten zu geben, ein Schatz, der nie zu Ende gehen würde. Aber jedes Ding hatte eben nur eine, seine, Geschichte, und im Laufe der Zeit kannte der Junge sie alle und hatte sie alle erzählt. Neue zu finden wurde immer schwerer.

Eines Tages ging er hinaus, vor die Stadt, den Fluß entlang, an Kornfeldern und Obstbäumen, an Blumenwiesen und Weinhängen vorbei. Er schaute auf den Boden und zum Himmel hinauf, drehte sich im Kreis, ließ seinen Blick über die üppige Landschaft schweifen, und unablässig suchte er nach neuen, verborgenen Geschichten. Überall war er schon gewesen, jeden Stein, jeden Strauch, jeden Baum kannte er, nichts war da, was sich ihm nicht schon offenbart und er nicht schon weitererzählt hatte. Er setzte sich auf einen Felsvorsprung, und es war ihm zumute wie einem reichen Mann, der sein Geld und Gut verschleudert und seine letzte Habe hergegeben hatte. Nichts war ihm geblieben, er war betrübt und fühlte sich leer. Während er so dasaß und nicht wußte, wo er neue Geschichten finden sollte, ging eine Totenprozession an ihm vorüber. An der Spitze trugen sechs Männer einen blumengeschmückten Sarg, dahinter schritt schluchzend die verschleierte Witwe, ihr zur Rechten der Bruder des Verstorbenen und zur Linken der Bürgermeister der Stadt. Es folgten die Honoratioren und Handwerker, den Schluß bildeten Frauen und Kinder. Der Knabe schloß sich dem Trauerzug an und folgte dem Sarg. Auf dem Todesacker stellten sich die Anwesenden in einem Kreis um das frisch geschaufelte Erdloch, senkten den Toten hinein, und der Bürgermeister hielt eine Lobrede auf den Verstorbenen. Die Witwe wollte sich vor Kummer mit ins Grab werfen, und nur mit Mühe konnten die Verwandten sie zurückhalten. Danach sprachen der Bruder und andere ehrwürdige Gäste. Ein jeder wußte nur Gutes zu berichten, und der Schmerz stand auf allen Gesichtern geschrieben. Als die Reden beendet waren, warfen die Freunde leuchtende, frische Blumen in das Grab, so daß sich dort, wo der Tote lag, ein Blumenhügel erhob. Nachdem der letzte mit seinen Blumen dem Toten seine Ehre bezeugt hatte, verließen alle den Friedhof, nur der Knabe blieb alleine am duftenden Hügel stehen. Und plötzlich vernahm er ein höhnisches, ersticktes Lachen, das aus der Grube zu ihm hinaufdrang. Er legte sein Ohr auf den Hügel, um genau zu hören, und der Verstorbene begann zu spotten: »Hast du

dieses feierliche und traurige Begräbnis gesehen«, fragte er, »hast du ihre Schadenfreude bemerkt, als sie mich endlich in das finstere Loch senkten? Ist dir aufgefallen, daß die Tränen der Witwe Freudentränen waren und die Trauer des Bürgermeisters geheuchelt war? Hast du die Habgier aus den Worten meines Bruders gehört und sein Aufatmen bemerkt? Ein Freudentag war es für sie, und zum Freudenmahl haben sie sich eben zusammengesetzt. Aber morgen, wenn sie mein Testament öffnen werden, wird ihnen die gute Laune vergehen, und ihre Gesichter werden gelb und grün vor Wut und Ärger werden. Die falsche Witwe hat seit Jahren ein Verhältnis mit dem hinterlistigen Bürgermeister, und mein neidischer Bruder wartet habgierig darauf, mich zu beerben. Sie dachten, sie hätten einen reichen Mann zu Grabe getragen, ich bin jedoch nur reich an Schulden. Meine Witwe wird sich morgen am Bettelstab wiederfinden, mein Bruder die Schulden erben und alle seine Hoffnungen auf Reichtum begraben müssen, so, wie er mich heute begraben hat. Sosehr sie mich zu Lebzeiten verfluchten, sosehr werden sie mich um ein Vielfaches im Tode verfluchen. War heute ihr Freudentag, so wird der meinige morgen sein.« Ein dröhnendes Gelächter aus der Tiefe beendete den Spuk.
Zuerst war der Knabe sehr erschrocken, doch dann ging er zwischen den Gräbern umher, und so, wie die Dinge, die Pflanzen und die Tiere zu

12

ihm gesprochen hatten, sprachen nun die Verstorbenen zu ihm. Ein jeder erzählte ihm seine Geschichte, sein Leben, wie er geliebt, gelitten, sich gefreut hatte und wie er gestorben war. Diese Geschichten waren bunter und schillernder, lebendiger und leidenschaftlicher, fröhlicher und ergreifender als die Geschichten der leblosen Dinge, der Pflanzen und Tiere. Es erzählten Kinder, deren Väter ihnen die Kindheit zerstört, und Greise, deren Kinder sie im Alter alleine gelassen hatten, Liebende, die alle Tage ihres Lebens einander in Treue zugetan waren, und Eheleute, in deren Mitte der Abscheu gewohnt hatte, Geschwister, die die Eifersucht auseinandergebracht hatte, Tugendreiche von ihren sündigen Gedanken und Sündige von ihrer Sehnsucht nach Reinheit, Wohltäter, deren Seelen kleinmütig, und Unscheinbare, die im verborgenen großzügig gewesen waren. Ein jeder erzählte dem Knaben die Geschichte seines Lebens, und jede Geschichte war einzigartig.

Und der Knabe ging zurück in die Stadt und erzählte, was er gehört hatte. Je mehr Geschichten er vom Todesacker heimbrachte, desto mehr hingen die Menschen an seinen Lippen. Sie waren wie Süchtige, die nach Rauschmittel lechzten, und die Geschichten betörten, bezauberten und behexten sie. Ihr Leben erschien den Einwohnern dagegen farblos und fade wie süßer Sirup, dem zuviel Wasser zugesetzt worden war. Die Ge-

13

schichten aber waren honigsüß oder gallebitter, immer aber prall gefüllt mit Leben, und die Anwesenden lachten und weinten, während sie zuhörten, ohne Geschichten kam ihnen der Tag schal und dumpf vor. Sie wurden unersättlich in ihrer Gier nach Geschichten. Bewunderten sie früher den Knaben, so beteten sie ihn nun an, lobten sie ehedem seine Phantasie, so priesen sie nun seine Weisheit, er galt als der Klügste und Gescheiteste unter allen Söhnen dieser Stadt. Aber so, wie die Dinge, die Pflanzen und Tiere immer nur eine einzige Geschichte hatten, so hatte auch jeder Tote nur eine einzige Geschichte, und auch dieser Vorrat erschöpfte sich allmählich. Der Junge kannte inzwischen jeden Winkel des Todesackers, jedes Grab, jeder Verstorbene hatte schon zu ihm gesprochen, und es gab kein Geheimnis, das er nicht schon erfahren und wieder preisgegeben hatte. So kam der Tag, an dem der Knabe auf dem Friedhof vergeblich suchte, er fand nichts Neues und Unbekanntes mehr. Nun wußte er weder aus noch ein. Er hatte nicht den Mut, in die Stadt zurückzugehen, denn dort warteten seine Bewunderer und lechzten nach neuen Geschichten. So jämmerlich war ihm zumute, daß er die Toten zu beneiden begann, die von den Lebenden in Ruhe gelassen wurden. Er setzte sich auf ein Blumengrab, den Rücken der Stadt zugekehrt, und blickte auf den dichten, dunklen Wald, in dem die Dämonen und Geister wohnten

14

und den noch keines Menschen Fuß betreten hatte. Dieser Wald barg ein Geheimnis, und noch nie hatte jemand versucht, dieses Geheimnis zu entdecken. Die Bewohner der Stadt ergingen sich nur in Andeutungen, aus Angst vor den Dämonen und ihrer Strafe. Sprachen sie doch über den Wald, dann wuschen sie sich anschließend gleich die Hände und den Mund, zum Zeichen, daß ihre Herzen rein waren und sie nichts Böses gesagt oder gedacht hatten. Mütter verboten ihren Kindern zu fragen, Väter forderten zum Schweigen auf, jeder wußte, daß es ein Geheimnis gab, doch keiner, worin es bestand. Dieser Wald war undurchdringlich, und schon der Gedanke an ihn war gefährlich.

So saß der Knabe lange auf dem Todesacker, sah zum Wald hin, und der Wunsch, dieses Geheimnis zu lüften, wuchs unaufhaltsam in ihm. Zuerst verscheuchte er den Gedanken, zu kühn war die Tat, zu ungeheuerlich das Vorhaben, aber er wollte sich nicht verjagen lassen. Er nahm Besitz von Verstand und Herz, und gegen jegliches bessere Einsehen erhob er sich und ging in Richtung der dunklen Bäume. Nach einigen Schritten blieb er stehen, zögerte noch einmal und gab dann seiner Neugier nach. Der Todesacker lag menschenleer, die Stadt in weiter Ferne, keine lebendige Seele war da, die ihn hätte zur Umkehr bewegen können, und so überschritt der Knabe die Grenze zum Reich der Dämonen.

Hier standen riesige Bäume, mit Stämmen so dick, daß fünf Mann einen Kreis hätten bilden müssen, um sie zu umfassen, mit Blättern so dicht nebeneinander, daß sie den Sonnenschein nicht durchließen, aber freundlich und bereitwillig begannen sie gleich zu erzählen: von den Vögeln und der Erde, vom Regen und der Sonne, von Schnee und Hagel, vom Lebenssaft in ihrem Innern und vom Wind, der um die Äste fegte. Fassungslos hörte der Knabe zu. Sie erzählten das gleiche wie jeder gewöhnliche Baum an einer Straße oder auf einem Feld. Nichts Geheimnisvolles, nichts Besonderes hatten sie zu berichten, nur das, was Bäume überall erleben. Der Knabe war entsetzt. »Wenn ich den Menschen in der Stadt das erzähle, wird mir keiner glauben«, dachte er, »denn alle glauben an ein Geheimnis. Vielleicht muß ich tiefer eindringen, vielleicht offenbart sich das Unaussprechliche erst, wenn ich den Waldrand verlassen habe.« Aber so tief er auch in den Wald hineinging, die Bäume erzählten Alltägliches, Gewöhnliches, Allgemeines, weder Geister noch Dämonen wohnten hier. Das Geheimnis des Waldes war, daß er kein Geheimnis in sich barg. »Nichts«, dachte der Junge, »nichts ist es, vor dem die Menschen sich fürchten.« Nun war er noch unglücklicher als zuvor. Er hatte seine Angst überwunden, hatte die Grenze zum Wald überschritten, war bereit gewesen, sich den übermenschlichen Wesen zu stellen, hatte

16

geglaubt, hier unbekannte Geschichten zu erfahren, und nichts hatte er gefunden außer gewöhnlichen Bäumen, die nichts verbargen, nichts preiszugeben hatten. Er wollte auf der Stelle sterben, denn für ihn gab es nichts mehr zu erkennen oder zu entdecken. Er hatte die höchste Stufe des Wissens erreicht, und doch fühlte er sich leer wie ein leckes Weinfaß, dessen edle Tropfen im Sand versickert waren.

Nach einer Weile machte der Knabe kehrt und suchte den Weg zurück. Er ging und ging, aber der Wald wurde nicht lichter, im Gegenteil, er verdichtete sich, das Gestrüpp und die Bäume wuchsen enger zusammen, Dornen zerrissen seine Kleider und zerkratzten ihm die Beine, Sträucher peitschten ihm ins Gesicht und zerschnitten seine Wangen. »Der Wald kreist mich ein«, erschrak er, »er läßt mich nicht mehr los, er will mich erdrücken, damit ich nicht zu den Menschen zurückkehren und Zeugnis von seiner Belanglosigkeit ablegen kann.« Der Wald rückte weiter näher, schlang jetzt seine Äste um ihn, die Blätter bedeckten sein Gesicht, Wurzeln wanden sich um seine Beine, Brennesseln legten sich um die Brust, Schlingpflanzen drückten seinen Hals zu. Der Wald wurde zu einem Sumpf, einem Moor, das seine Beute nicht mehr freigab. Mit letzter Kraft hielt sich der Knabe an einem Ast fest, als er plötzlich spürte, daß ihn jemand in das Innere eines ausgehöhlten Baumes zog. Er fand sich in den Armen eines greisen, grauen Mannes wieder, dessen lange Haare zu einem Zopf geflochten waren und dessen Kutte aus Fell von einer schmalen Gerte zusammengehalten wurde. »Du hast mich gerettet«, sagte der Knabe zu dem Alten, »du hast mich vor diesem nichtswürdigen Wald gerettet, ich danke dir von ganzem Herzen.« Der Alte nickte, und beide setzten sich auf eine Matte, die, aus Weiden geflochten, den Boden der Baumhöhle bedeckte. Der Knabe wußte nicht, wie er dem Alten danken sollte, und begann, ihm eine lustige Geschichte zu erzählen. Der Mann hörte schweigend zu, aber im Gegensatz zu den Einwohnern der Stadt verzog er keine Miene und lachte nicht. Danach erzählte der Knabe eine traurige Geschichte, aber wiederum veränderte sich nichts im Gesicht des Alten. Der Junge erzählte ihm alle seine Geschichten, der Greis aber blieb stumm. »Vielleicht«, dachte der Knabe, »versteht er mich nicht, er ist möglicherweise taub, sonst hätte er gelacht und geweint wie alle anderen.« Als der Knabe aufhörte zu erzählen und nichts mehr sagte, zog der Alte eine Papierrolle aus der Kutte, reichte sie dem Knaben und begann zu reden. Er sprach so wie ein Mensch, der viele Jahre nicht gesprochen hatte und dessen Zunge infolgedessen schwer geworden war. »Dies ist Papier«, sagte er, »und die schwarzen Zeichen darauf sind Buchstaben.« Der Alte lehrte den Knaben lesen, und als er es konnte, rollte der

Greis die Matte ein, und durch eine Luke, an der eine Strickleiter hing, stiegen sie hinab in die Tiefe der Erde. Dort befand sich ein unterirdisches Zimmer, aus dem ihnen ein modriger Geruch entgegenschlug. In diesem Zimmer waren Tausende von Büchern gestapelt, großformatige und winzige, in Leder gebundene und in Leinen eingeschlagene, kunstvoll geschriebene und einfach gedruckte. »In diesen Büchern kannst du lesen, soviel du willst«, sagte der Alte, »und wenn du nicht mehr lesen willst, werde ich dir den Weg in die Stadt zeigen.« Der Knabe griff das oberste Buch von einem Stapel, stieg die Strickleiter hinauf und begann zu lesen. Er las, wie die Dinge, die Pflanzen und Tiere zu dem Dichter gesprochen hatten, wie die Toten zu ihm geredet, ja, wie sogar Geister und Dämonen sich dem Künstler offenbart hatten. Der Junge, der schon geglaubt hatte, er hätte die höchste Stufe der Weisheit erreicht, erkannte, daß noch nicht einmal die niedrigste Schwelle überschritten war. Mit jeder Geschichte, die er las, fühlte er sich unbedeutender und merkte, wie unvollkommen und nichtssagend seine Erzählungen gewesen waren. So saß er im Innern des Baumes und las Buch um Buch, es gab so viele Welten, so viele Städte und Wälder. Eine unendliche Fülle von Geschichten tat sich ihm auf, und er schämte sich vor dem Alten, weil er sich angemaßt hatte, ihn mit seinen lächerlichen Geschichten zu langweilen. Welch

19

dummer Übermut hatte in ihm gewohnt, als er geglaubt hatte, nur zu ihm sprächen die belebten und unbelebten Dinge und Wesen. Er erkannte, daß sie zu Tausenden gesprochen und sich ihnen in einer Vielfalt und Schönheit aufgetan hatten, die er nicht einmal ahnte. Sogar die Geister des Himmels und des Meeres, der Lüfte und der Erde, die Dämonen, Kobolde, Hexen und Wichte hatten sich anderen mitgeteilt, während sie ihm gegenüber schwiegen. Wenn er sich überhaupt mit diesen großen Dichtern vergleichen wollte, so mußte er zugeben, daß er der kleinste und unbedeutendste von ihnen war, so unbedeutend, daß seine Worte es gar nicht wert waren, gehört zu werden. Als der Knabe das letzte Buch aus der Hand legte, verstummte er und beschloß, nie mehr zu sprechen. Der Alte wies ihm den Weg in die Stadt, und so ging er dorthin zurück, von wo er gekommen war.

Als die Einwohner ihn sahen, liefen sie auf ihn zu, bedrängten ihn, er solle ihnen erzählen, wo er gewesen war, und sie mit seinen Geschichten unterhalten. Aber der Knabe schwieg. Da begannen sie, ihn zu beleidigen und zu beschimpfen, aber er schwieg. Letzten Endes wandten sie sich von ihm ab und beachteten ihn nicht mehr. So schwieg er eine lange Zeit und hörte auch keinem Menschen mehr zu, denn jedes Wort erschien ihm belanglos angesichts der Bücher, die er gelesen hatte.

Eines Tages ging der Knabe wieder einmal zu den Feldern vor der Stadt und sann wie immer den gelesenen Büchern nach. Und während er auf der Erde unter einem schattigen Baum lag, begann in seiner Nähe ein Kind zu schreien und zu weinen. Es war hingefallen und hatte sich das Knie an einem spitzen Stein aufgeschlagen. »Sei ruhig«, sagte er zu dem Kind, »sei still, ich muß über Wichtiges nachdenken.« Aber das Kind wollte sich nicht beruhigen, es schaute auf das zerschundene Knie, und der Anblick der blutenden Wunde ließ es um so lauter aufheulen. »Wenn du aufhörst zu weinen, erzähle ich dir eine Geschichte«, versprach er dem Kind, da es aber nicht wußte, was eine Geschichte ist, hörte es nicht mit dem Schluchzen auf. Also begann der Knabe einfach zu erzählen, und das Kind beruhigte sich. Er erzählte eine kurze, lustige Geschichte, über die das Kind lachen konnte und darüber sein aufgeschlagenes Bein vergaß. Da erkannte der Knabe, daß zwar alle Geschichten und Weisheiten schon gesagt und erzählt waren, aber daß das Kind sie noch nicht kannte, und daß es ihm gegeben war, mit einer kleinen Geschichte ein Kind seinen Schmerz vergessen zu lassen. Das milderte seinen eigenen Kummer über seine Unvollkommenheit, und allmählich vergaß er ihn ganz. Und er erfreute mit seinen Geschichten noch viele Menschen, große und ganz besonders die kleinen.

DER KIDDUSCHBECHER

In der Mitte des 19. Jahrhunderts ließen sich drei jüdische Familien in einer kleinen schlesischen Stadt namens Ujest nieder. Der dort herrschende Herzog von Ujest beschloß, Handwerk und Handel in der Stadt zu fördern, und begrüßte es, daß sich auch einige jüdische Familien ansiedelten. Darunter war auch die Familie von Moses Rechter, seine Frau Rebekka und sein vierjähriger Sohn Sender. Moses Rechter war, wie viele seiner jüdischen Zeitgenossen, Kleinhändler. Die Woche über zog er von Dorf zu Dorf, kaufte alte Kleider, Decken, Felle, manchmal erwarb er ein Möbelstück, und wenn er sehr viel Glück hatte, sogar einen silbernen Hals- oder Armschmuck. Reich konnte man bei diesem Handel nicht werden, aber er genügte, um die kleine Familie gut zu ernähren. Moses Rechter war ein strenggläubiger Mann und hielt die Religionsvorschriften peinlich genau ein. Deswegen nahm er koschere Speise für eine ganze Woche von zu Hause mit, und unterwegs wärmte er sich das Essen in einem kleinen Topf, den er jederzeit bei sich hatte. Meistens

aß er jedoch kalte Gerichte wie Brot, Rettich und Zwiebel, und je nach Jahreszeit gönnte er sich einen Apfel, eine Birne oder ein paar Weintrauben dazu. Der Alltag war mühselig, und die ganze Woche über dachte Moses an den Schabbat. Wenn er freitags nach Hause kam, hatte Rebekka schon heißes Wasser in einem Waschzuber bereitet, das Haus war geschrubbt, und das festliche Essen stand auf dem Herd. Jeden Freitag mittag legte Moses Rechter sein armseliges, verstaubtes Wanderkleid ab und wurde Herr im eigenen Haus. Mit dem Waschwasser spülte er die müde und erschöpfte Wochentagsseele fort, und wenn Moses Rechter das gebügelte und gestärkte weiße Hemd und den schwarzen seidenen Kaftan anlegte und das samtene Käppchen aufsetzte, dann flößte ihm die Königin Schabbat Kraft für den heiligen Tag und für die folgende Woche ein. Nach Sonnenuntergang versammelte sich die kleine Familie um den runden Tisch aus Kirschbaumholz, dem Rebekka eine blütenweiße Damastdecke aufgelegt hatte, und Moses hieß den Schabbat willkommen, wie seine Vorväter es getan und sein Vater es ihn gelehrt hatte. Er segnete den Wein in dem silbernen Kidduschbecher, auf dem in hebräischen Buchstaben die Worte »Friede sei dem Schabbat« eingraviert waren, trank einen Schluck von dem süßen, dunklen Saft, gab seiner Frau zu trinken, und sogar der kleine Sender durfte am Becher nippen. Danach legte er seine Hände auf die geflochtenen, weißen Hefezöpfe, sprach den Segen über sie, brach ein Stück für sich, eines für Rebekka und eines für Sender ab, streute ein wenig Salz darüber und gab jedem von dem gesegneten Brot zu essen. Aber der Schabbat ist nur kurz, die Woche lang, und wenn Moses Rechter am Samstag abend das Schabbatausgangsgebet sprach, senkte sich eine wehmütige Traurigkeit in sein Herz.

Jahraus, jahrein verbrachte Moses seine Woche auf den Dörfern, und jeder Bauer und Schankpächter kannte ihn mittlerweile. Der wandernde Jude Moses Rechter gehörte zu den Dörfern um Ujest wie der Schnee zum Winter, und die Bauern wußten, an welchem Tag er in ihrem Dorf aufkreuzen und wann er es wieder verlassen würde. Er schlief stets in denselben Wirtshäusern, trank seinen Tee in einem Winkel der Gaststube und zog sich zeitig in sein Zimmer zurück, denn in aller Frühe verließ er das Haus. Mit den Bauern und Wirtsleuten sprach er nur das Nötigste. Die Menschen in dieser Gegend waren schweigsam und in sich gekehrt und kamen mit wenig Worten aus. Sie kannten einander, und die Geschäfte wurden per Handschlag abgeschlossen. Nur mit dem Bauern Johann Schulz verband Moses mehr als geschäftliches Handeln. Immer, wenn er in sein Dorf kam, saß er bei Johann in den Abendstunden auf einer schweren Eichenbank unter einem Lindenbaum. Dort aß er sein kärgliches

Mahl, trank schwarzen Tee dazu, und nachdem Moses das Dankgebet gesprochen hatte, unterhielten sich die zwei Männer. Sie sprachen über die Ernten, über das Dorf, über den Schulzen und den Herzog von Ujest. Sie machten sich Gedanken über den Sinn des Lebens und der Religion, und beide suchten Gespräche, die etwas Abwechslung in ihr alltägliches Leben brachten. Eines Abends, nachdem Johann schweigend gesehen hatte, wie Moses sein dürftiges Nachtmahl verzehrte, fragte er ihn: »Warum habt ihr Speisegesetze, die euch verbieten, alles zu essen? Wir haben frisch geschlachtet, und ich würde dir gerne ein Stück geräuchertes Fleisch oder herzhafte Wurst anbieten. Dann wärst du satt und gestärkt für den nächsten Tag.«

Moses Rechter wußte, daß Johanns Anerbieten von Herzen kam, aber er würde nie etwas bei ihm anrühren, denn seine Religionsvorschriften verbaten den Genuß von unkoscheren Speisen, und so begann er Johann den Grund zu erläutern: »Am Berge Sinai wurden den Kindern Israel die Zehn Gebote und die Thora, das ist ihre heilige Lehre, gegeben. Drei Tage mußte sich das Volk vorbereiten und um das Lager einen Zaun spannen. Dieser Zaun durfte nicht überschritten werden, damit niemand den heiligen Berg am Tage der Gesetzgebung berühren konnte. In diesen drei Vorbereitungstagen zäunte ein jeder aus dem Volke sich selbst ein. Am ersten Tag die Begierden des Leibes, am zweiten die Sehnsucht des Herzens und am dritten die Gedanken des Verstandes, und erst dann war die Vorbereitung abgeschlossen und das Volk Israel bereit, Gottes Lehre zu empfangen. Die Speisegesetze sind nichts anderes als eine Umzäunung des Leibes. Nicht alles, was dich gelüstet, sollst du essen. Wenn der Mensch lernt, seine körperlichen Begierden einzuschränken, so wird er es auch mit den unmäßigen Wünschen des Herzens und den sündigen Gedanken des Geistes tun. So, wie ich mit den Speisen Rechenschaft vor Gott ablege, so tue ich es auch mit meinen Gefühlen und Gedanken.«

So erklärte Moses seinem Freund Johannes Schulz die jüdischen Speisegesetze, und Moses wußte, wovon er sprach. Als Kind und Jugendlicher hatte er in einer Talmud-Thora-Schule gelernt, er hatte sich mit der heiligen Lehre an jedem Tag seines jungen Lebens auseinandergesetzt, Satz für Satz und Wort für Wort erläutert, hinterfragt und darüber gegrübelt. Sein kleiner Sohn Sender jedoch ging in keine Talmud-Thora-Schule, sondern in die evangelische Elementarschule. In Ujest gab es keine jüdische Gemeinde, und so beschränkte sich der Religionsunterricht des kleinen Sender auf zwei Stunden wöchentlich, die ein eigens dafür engagierter Lehrer den jüdischen Kindern in Ujest erteilte. Am Samstag nachmittag prüfte Moses seinen Sohn, was er in

27

der Woche im Religionsunterricht gelernt hatte, aber zu seinem Leidwesen war das herzlich wenig. Deswegen entschloß er sich, seinen Sohn selbst in die Weisheit des Judentums einzuweihen. Das war kurz vor Rosch Haschana, dem jüdischen Neujahrsfest, und Moses nahm sich vor, sofort nach den Feiertagen mit dem Unterricht zu beginnen.

»Jeden Samstag nachmittag werden wir zwei Stunden lernen«, kündigte er Sender an. Auf die erste Unterrichtsstunde hatte sich Moses gut vorbereitet, und nach dem Mittagessen holte er die in Leder eingebundene Bibel hervor, küßte das heilige Buch, bevor er es auf den Tisch legte, und schlug die erste Seite auf. Es war ein sonniger, warmer Tag im September, und Sender rutschte ungeduldig auf seinem Stuhl hin und her.

»Hör zu«, begann Moses, »es steht geschrieben: Am Anfang schuf Gott Himmel und Erde. Du sollst genau begreifen, was das bedeutet. Himmel heißt in der heiligen Sprache Schammaim und setzt sich aus den Worten Maim, das bedeutet Wasser, und Esch, das bedeutet Feuer, zusammen. Schammaim ist also Feuer und Wasser zugleich. Nun wirst du sagen«, fuhr Moses in seiner Erklärung fort, »daß Feuer und Wasser einander ausschließen, dort, wo Wasser ist, gibt es kein Feuer, denn das Wasser brennt nicht, sondern verlöscht die Flamme. Warum steckt im Wort Schammaim dieser Widerspruch?« fragte er. Sen-

28

der verstand nicht, was sein Vater von ihm wollte. Draußen spielten seine Freunde, und er mußte am Tisch sitzen und zuhören. Er begriff nichts von dem Gesagten. »Weil wir mit unserem kleinen Verstand den Himmel nicht erfassen können. Unser Denken ist logisch und sagt uns, entweder gibt es das eine oder das andere. Feuer und Wasser verbinden sich nicht«, beantwortete Moses selbst seine Frage. »Vielleicht verbinden sie sich in den himmlischen Sphären, vielleicht lösen sich dort Widersprüche auf. Ein Dichter kann in einer Geschichte Wasser zum Brennen bringen, ein Handwerker nicht. Der Handwerker arbeitet mit der Materie, während der Dichter den Geist der Dinge darstellt. Da der Himmel nicht an die Materie gebunden, sondern der Sitz alles Geistigen ist, ist jeder Widerspruch möglich, so, wie Schammaim als Wort, nicht aber als Ding möglich ist. Die Erde hingegen heißt Aretz, und sie ist eindeutig. Auf ihr regieren logische Gesetze, Widersprüchliches schließt sich aus. Es kann der Baum nur einen Baum hervorbringen, der Fisch nur einen Fisch, der Mensch nur einen Menschen. Der Mensch, der in irdischen Dimensionen denkt, sucht die Eindeutigkeit. Ein Ding ist groß, ein anderes klein, ein Tier ist stark, ein anderes schwach, einer ist schön und der andere häßlich. Wer aber über diese Art des Denkens hinauskommt, der sieht, daß in dem Großen das Kleine und in dem Kleinen das Große steckt, in dem

Schönen das Häßliche und in dem Häßlichen das Schöne wohnt. Eines ist in dem anderen, eines ergibt sich aus dem anderen, und nichts ist so, wie es uns scheint, und alles, alles ist bei Gott«, beendete Moses seinen Vortrag. Sender schaute zwei Fliegen nach, die gegen die geschlossene Fensterscheibe anflogen und nicht hinauskonnten. Erleichtert stand er vom Tisch auf, als der Vater das große Buch zuschlug und es wieder in den Schrank zurückstellte. Moses legte sich schlafen, und Sender konnte endlich zu seinen Freunden hinauslaufen.

Der wöchentliche Unterricht blieb nur ein Vorsatz. Am Schabbat nachmittag war Moses von der Woche so müde, daß er einen längeren Mittagsschlaf halten mußte, und wenn er aufwachte, war Sender verschwunden. Die eine Unterrichtsstunde hatte ihm gereicht, und sobald sein Vater sich hinlegte, lief er fort und kam erst mit Anbruch der Dunkelheit, stets mit einer anderen Ausrede, wieder. So verschoben sie den Unterricht von Woche zu Woche.

Nachdem Sender die Elementarschule beendet hatte, schickte ihn Moses zu seinem Bruder nach Zülz, um bei ihm das Schneiderhandwerk zu erlernen. »Sender soll einen Beruf haben, den er zu Hause ausüben kann«, entschied Moses. »Er soll die Woche nicht auf der Landstraße und den Dörfern verbringen.« Mit den besten Segenswünschen und Ermahnungen, fleißig zu lernen und

30

folgsam zu sein, fuhr Sender zu seinem Onkel Hermann.

Als erstes lernte Sender dort einzuheizen. In der Nähstube stand ein alter, schwarzer Kohleofen, »und das erste, was ein Schneider lernen muß, ist, den Ofen zum Glühen zu bringen, denn mit klammen Fingern kann man nicht nähen«, erklärte sein Onkel Hermann. Und so lernte er Kohlen zu schleppen, Holz zu hacken, den Aschenkasten auszuleeren und mit steifen Händen den Ofen anzufachen. Am Anfang rußte und rauchte der Ofen, die ganze Nähstube war in eine dunkle Wolke eingehüllt, und unter dem Geschrei und den Ohrfeigen seines Lehrmeisters übte sich Sender im Heizen. Wie oft sehnte er sich in dieser Zeit nach Hause zurück, in die warme elterliche Stube, wo seine Mutter Rebekka ihn morgens geweckt hatte, das Frühstück schon angerichtet stand und das Zimmer wohlig warm war. Hier mußte er sich unter den Flüchen seines Onkels das Brötchen und die Tasse Milch verdienen. Nachdem Sender den Ofen bedienen, das Haus reinigen, Gemüse und Obst vom Markt holen und die drei kleinen Vettern beaufsichtigen konnte, besann sich der Onkel, weswegen ihm der Lehrjunge zugeschickt worden war, und begann Sender in die Kunst des Schneiderns einzuweisen. Nun lernte er Nähte zu versäubern und Säume umzuheften, Einlagen einzubügeln und Knopflöcher herzustellen, Maß zu nehmen und

Schnitte anzufertigen, und im Laufe der Zeit wurde aus Sender ein Schneider für Herrenkleidung.

Zweimal im Jahr, zu den hohen Feiertagen und zum Pessachfest, fuhr Sender für einige Tage nach Hause. Und wie früher prüfte sein Vater sein Wissen über die jüdische Religion. Aber das wenige, was Sender noch wußte, bevor er von zu Hause fortging, vergaß er allmählich in Zülz. Er glaubte weder an Gott noch an die Thora, er ahnte nicht einmal, was in ihr stand. Onkel Hermann lebte aufgeklärt und hielt nicht viel von den religiösen Vorschriften. Wenn ein Anzug fertiggestellt werden mußte, war die Werkstatt auch am Schabbat offen, die alten Bräuche hielt Hermann für überholt, sie hatten, seiner Meinung nach, keinen Platz in der modernen Welt. Sender konnte seinen Onkel und Lehrherrn nicht leiden, in diesem Punkt jedoch pflichtete er ihm bei.

Wie altmodisch Moses auch war, so war er doch nicht blind. Er wußte, daß sein Sohn nichts mehr von der jüdischen Lehre hielt und daß es zu spät war, ihm in dieser Hinsicht etwas beizubringen. Deswegen begnügte er sich damit, ihn immer wieder inständig zu bitten, beinahe zu drängen, er möge keine Christin heiraten und sich nicht taufen lassen. Wie ein Rettungsanker klammerte er sich an den Gedanken, daß Sender ein jüdisches Mädchen zur Frau nehmen würde und er beim Enkel nachholen könnte, was er bei seinem Sohn versäumt hatte.

Sender dachte lange nicht ans Heiraten, sondern nur daran, wie er aus Zülz weggehen könnte. Diese Stadt war ihm ebenso zuwider wie seine Lehrstelle, und zurück in die dörfliche Kleinstadt Ujest wollte er auf gar keinen Fall. Er träumte von Größerem. Ein Vetter seiner Mutter wohnte in Oppeln, und Sender beschloß, sich dort nach seiner Lehrzeit niederzulassen. Durch die Vermittlung dieses Vetters fand er eine Gesellenstelle und mietete ein kleines Dachzimmer. Während er bei seinem neuen Herrn nähte, stellte sich Sender vor, wie er eines Tages als Meister seine eigene Werkstatt einrichten würde. Sender war ein aufgeweckter Bursche und begriff, daß die Zeit der Maßschneiderei der Konfektionsarbeit wich. Wie Pilze schossen Textilfabriken aus dem Boden, und die Maßschneiderei konnte nicht mit den fabrikmäßig hergestellten Anzügen mithalten. Die Zukunft, sah Sender, lag entweder in der Massenherstellung oder im Handel mit Konfektionsware. Verbissen sparte er Groschen um Groschen, überzeugte seinen Vetter, ihm ein kleines Darlehen zu gewähren, und mit dem Geld mietete er einen billigen Laden und bestellte Anzüge auf Kommissionsbasis. Sender hatte sich nicht verrechnet. Seine Kundschaft wuchs, und der Handel florierte. Nach einer Weile konnte er einen Laden im repräsentativen Geschäftsviertel mieten, und so wurde aus dem Schneidergesellen Sender der Inhaber eines Herrenmodegeschäfts. Solange Sender ein mittelloser Schneidergeselle gewesen war, hatte kein Hahn nach ihm gekräht. Kaum war er selbständiger Geschäftsmann, trug einen eleganten Anzug mit einem Spitzentuch in der Brusttasche, wurde man in Oppeln auf ihn aufmerksam. Sender wurde zu allerlei Soireen und Festlichkeiten eingeladen, und die Mütter der erwachsenen Töchter umwarben ihn wie einen kostbaren Diamanten, den man bisher fälschlicherweise für geschliffenes Glas gehalten hatte. Er war nun viel beschäftigt und besuchte seine Eltern nur noch einmal im Jahr. »Zu Pessach kann ich nicht mehr kommen«, erklärte er ihnen, »um die Osterzeit ist Hochkonjunktur, da kann man ein Geschäft nicht einfach verriegeln.« So traurig Moses und Rebekka darüber waren, so stolz waren sie auf ihren erfolgreichen Sohn, und jeden Freitag abend besprachen sie, wie vornehm er ausgesehen hatte und wie weltmännisch er auftrat. Und jedes ihrer Gespräche endete mit dem Stoßseufzer von Moses, Sender möge ein jüdisches Mädchen heiraten und sich nicht taufen lassen. Doch manchmal erfüllen sich wie zum Trotz gerade die Ängste, mag man sie noch so sehr verhüten wollen. Sender lernte Ingrid, die Tochter eines Stoffgrossisten, kennen. Ihr imponierte der gewandte junge Kaufmann, und sie gefiel ihm mit ihren Grübchen in den Wangen, dem

34

schmollenden Mund und dem dichten, braunen Haar. Einmal lud er sie ins Café ein, und ein anderes Mal ins Theater. Als sie das Schauspielhaus verließen, fiel der Schnee in dichten Flokken. Still und unschuldig lag der weiße Teppich zu ihren Füßen, und sie wagten kaum, ihn zu betreten, aus Angst, die unberührte Schönheit zu verletzen. Hinter ihnen drängelten die anderen Theaterbesucher ins Freie, und der weiße Schnee verwandelte sich in grauen Matsch. Ingrid hängte sich bei Sender ein, und schweigsam gingen sie zu ihm in die Wohnung.

Ingrid wurde schwanger, und Sender beschloß, sie zu heiraten. Da sie aber ihren Eltern zuliebe in der Kirche getraut werden wollte, ließ sich Sender taufen. Zu jener Zeit gab es sehr viele Taufen unter den Juden, und für Sender war es nur eine Formalität. Die jüdische Religion hatte ihm noch nie etwas bedeutet, die christliche ebensowenig, aber als Christ hatte er wenigstens nicht die Bürde des Andersseins zu tragen. Trotzdem fühlte er eine tiefe Scham, als er in der Kirche vor dem Kreuz niederkniete und die Taufe empfing. Er änderte seinen Namen in Siegfried um, und an einem kalten Märzsonntag standen er und seine junge Braut Ingrid vor dem Traualtar. Sender schaute auf den Boden, eine Scheu hielt ihn davon ab, seinen Blick auf das Kreuz zu richten, und er konnte das Ende der Zeremonie kaum abwarten.

Als Sender zu den hohen Feiertagen wieder nach Ujest fuhr, erzählte er seinen Eltern nichts von Ingrid und dem Kind, das sie in Kürze erwartete. Er war diesmal mit vielen Geschenken gekommen. Rebekka und Moses freuten sich nicht so sehr wegen der Geschenke, wie darüber, daß es ihm gutging. Weil es in Ujest keine Synagoge gab, hatten die wenigen Familien ein Hinterzimmer in einem Gasthof zu einer Gebetsstube umgewandelt. Die Gemeinde war klein, es wurden Verwandte aus Zülz eingeladen, damit bei dem Gottesdienst die vorgeschriebene Zahl von zehn Männern anwesend war. Um so enttäuschter war Moses, daß Sender nicht mitkommen wollte. »Ich fühle mich nicht wohl«, klagte Sender, aber Moses drängte so eindringlich, bis er sich erweichen ließ und an dem Gottesdienst teilnahm. Sender stand im Gebetsmantel eingehüllt neben seinem Vater, den Blick auf das Gebetbuch gerichtet und schwieg. Als die kleine Gemeinde sang: »Unser Vater, unser König, wir haben gesündigt vor dir«, beugte er seinen Kopf und biß sich auf die Lippen. Die Zeit schien ihm endlos, bis der Gottesdienst beendet war und er mit seinem Vater nach Hause gehen konnte. Rebekka hatte das Essen hergerichtet, Moses nahm den silbernen Kidduschbecher, segnete Wein und Brot, und wie in früheren Zeiten aßen sie gemeinsam am runden Tisch aus Kirschbaumholz. Moses hielt den silbernen Pokal in der Hand, liebkoste ihn und

36

sagte zu Sender: »Bei meiner Hochzeit habe ich das erste Mal den Wein in dem Becher gesegnet und Rebekka daraus zu trinken gegeben. So Gott will, werde ich bei deiner Trauung das letzte Mal daraus trinken, denn der Becher wird dein Hochzeitsgeschenk sein.« Er trank den schweren, süßen Wein, und seine zitternden Greisenhände streichelten das kalte Silber, während Sender einen bitteren Geschmack im Mund fühlte.

Die Jahreszeiten zogen sich für Moses und Rebekka gleichförmig hin. Noch immer ging Moses auf die Dörfer, noch immer wanderte er zwischen den Gasthäusern, aber hie und da blieb er auch eine Woche zu Hause. Die Beine wurden ihm immer schwerer, und er schöpfte aus dem Schabbat nicht mehr genug Kraft für die kommende Woche. An einem Freitag abend, als er den Wein in dem silbernen Becher gesegnet hatte, schaute er wehmütig auf das Kleinod. »Ich fürchte, Rebekka«, sagte er, »wir werden Senders Hochzeit nicht mehr erleben.« Sie schalt ihn für die gottlosen Worte. »Wir werden hundertzwanzig Jahre alt werden und sogar mit Senders Kindern und Kindeskindern spielen«, antwortete sie. Und müde nickte Moses. Unerwartet zog sich Rebekka eine Lungenentzündung zu. Sie hustete, bekam hohes Fieber, und ihr Atem wurde ungleichmäßig und röchelnd. In dumpfer Apathie saß Moses am Krankenbett. Die Nachbarn kamen, sie verständigten einen Arzt, der Rebekka eine Medizin verschrieb, und trösteten Moses. In stiller Ergebenheit betrachtete er sein Weib und wußte, daß ihre Tage gezählt waren, ebenso wie die seinen. Er und Rebekka waren am Ende ihres Weges angelangt. Moses klagte und weinte nicht, der stille Tod stand im Zimmer, und sie waren bereit. Drei Tage nach Purim starb Rebekka, und an einem Sonntag früh wurde sie begraben. Sechs Tage saß Moses in Strümpfen auf dem Boden, murmelte Gebete und las in dem Buch Hiob. Er aß hartgekochte Eier zum Zeichen, daß der Schmerz rund und unendlich ist, sonst wollte er kaum etwas zu sich nehmen. Sein trostloser Mund konnte keine Speisen herunterschlucken. Am Freitag mittag stand er auf, wusch sich, legte ein frisches Hemd an und wärmte die Suppe auf, die ihm eine Nachbarin gebracht hatte. Als es dunkel wurde und der Schabbat hereinbrach, zündete er die weißen Kerzen an, die still und erhaben brannten, wie zu Lebzeiten Rebekkas. Das erste Mal in seinem Leben sprach er den Segensspruch über die Kerzen, danach goß er den Wein in den silbernen Kidduschbecher und segnete ihn. Alleine saß er in dem heimeligen Zimmer am runden Tisch, und er trank den Wein und aß das Brot, das ihm Kraft für die kommende Woche geben sollte. Eine Reise stand ihm noch bevor. Am Montag in aller Frühe zog Moses die Wanderkleider an, setzte den breitkrämpigen Hut auf, steckte den silbernen Kidduschbecher in die

38

Manteltasche und fuhr mit einer Droschke bis nach Zülz. Von dort nahm er den Zug nach Oppeln. Mühsam fragte sich der alte Mann in der ihm unbekannten Stadt durch, bis er das vornehme Bekleidungsgeschäft fand. »Herrenmode – Siegfried Rechter« war auf der Glasscheibe in verschnörkelten Buchstaben gemalt. Im Schaufenster standen Puppen mit schwarzen Zylindern und Paletots bekleidet, daneben waren weiße Herrenhemden mit steifen Krägen kunstvoll drapiert. Sobald die Tür zum Laden geöffnet wurde, erklang ein Glöckchen. Ein Herr und eine Dame verließen das Geschäft und schauten befremdet auf den alten Kaftanjuden. »Dieses Gesindel findet man heutzutage in den besten Gegenden«, hörte Moses den Mann zur Frau sagen. Moses zögerte. Mit der linken Hand umklammerte er in der Tasche den Kidduschbecher und hielt sich an ihm wie an einer Krücke fest, mit der rechten öffnete er die Tür. Im Laden waren keine Kunden. Als das Glöckchen ertönte und Moses eintrat, kam hinter einem Vorhang eine junge, hübsche Frau heraus. Sie trug ein dunkelblaues, hochgeschlossenes Kleid mit einem weißen Spitzenkragen, auf der Brust glänzte ein zierliches, silbernes Kreuz.

»Ja, bitte?« fragte sie erstaunt. In diesem Moment begann hinter einem Paravent ein Säugling zu weinen, und die junge Frau entschuldigte sich für einen Augenblick. Sie ging hinter den Wand schirm, wo eine mit himmelblauem Musselin bespannte Wiege stand, holte das Kind hervor und schaukelte es auf ihren Händen.

»Sie wünschen?« fragte sie noch einmal.

»Ist Herr Sender Rechter zu sprechen?« wollte der Alte wissen.

»Mein Mann ist im Moment nicht da, er kommt erst in einer Stunde zurück«, antwortete sie.

»Ihr Mann?« fragte Moses mit aufgerissenen Augen.

»Ja«, sagte die Frau, »ich bin Ingrid Rechter, kann ich ihm etwas ausrichten?«

»Nein«, stammelte Moses, »nichts«, und eilig verließ er das Geschäft. Kraftlos fiel er zur Erde. Der Becher kullerte aus seiner Manteltasche in den Rinnstein und bekam durch den Aufprall eine Einbuchtung am oberen, leicht nach außen geschwungenen Rand. Der Alte wurde weggetragen. Am nächsten Morgen fand ein Schuljunge den Becher. Er brachte ihn mit nach Hause, und als die Mutter feststellte, daß der Pokal aus schwerem Silber war, gab sie ihn im Fundbüro ab. Da aber nach festgesetzter Zeit niemand den Becher vermißte, gehörte er nun dem Jungen, der ihn gefunden hatte. Die Mutter stellte ihn auf die Kommode, drehte die eingedrückte Stelle der Wand zu, füllte den Kelch mit Wasser und stellte ein Sträußchen Veilchen hinein.

RACHAMIM

Rachamim sitzt auf einem Stein vor dem Haus, das einer baufälligen Hütte gleicht. Vom Dach sind zwei Ziegel herabgefallen, die Fensterscheiben sind staubig und verschmiert und sehen genauso stumpf aus wie Rachamims unwissende Augen. Sechs Jahre ist Rachamim alt, sein Körper ist aufgedunsen, das Gesicht aufgeschwemmt, und die zusammengewachsenen schwarzen Augenbrauen geben dem Kind ein äffisches Aussehen. Fast bewegungslos stiert er auf eine struppige und schmutzige Katze, die im Müllkübel nach Essensresten sucht. Von Zeit zu Zeit lallt er zusammenhanglose Silben.

Gelegentlich schaut seine Mutter Masal nach ihm. Auch sie ist aufgedunsen und hat den Körper von Menschen, die zuviel Brot und Kartoffeln, aber zuwenig Fleisch essen. Es ist das Fett der Armseligkeit, das über den Rocksaum quillt und von einer zerknitterten und fleckigen Bluse bedeckt wird. Rachamim, seine Mutter und der alte Großvater leben gemeinsam in der Hütte. Seit Jahrzehnten hat sich darin kaum etwas verändert, lediglich die schäbigen Möbel sind abgeschabter geworden, die zerrissene Bettdecke hat mehr Löcher bekommen, und jedes Jahr zur Winterzeit dringt der Nässeschwamm tiefer in die Wände. Der Großvater ist Lumpensammler, und täglich geht er durch die Straßen und ruft: »Alte Sachen, alte Sachen.« Mancher öffnet die Tür und gibt ihm abgetragene Kleider, ausgetretene Schuhe, Stühle, an denen die Lehnen fehlen, verbogene Gabeln, ausgefranste Teppiche oder Tassen, deren Henkel abgebrochen sind. Damit geht er zum Markt, wo seine Tochter und Rachamim auf ihn warten. Dort sitzen sie, und Masal verkauft das Zerrissene an abgerissene Gestalten und das Arme an die Armut. Tagaus, tagein sitzt sie an einem behelfsmäßigen Stand und wartet, bis hie und da jemand stehenbleibt und für einige Schekel ein Kleid, ein paar alte Schuhe oder einen Teller ersteht. Gegen Abend packen der Großvater und Masal die Waren auf einen Karren, gehen zu den Obst- und Gemüseständen, sammeln das ein, was die Händler wegwerfen, und kaufen für ihren Verdienst einmal Eier, mal ein Huhn, manchmal einen gefrorenen Fisch.

Masal redet nicht. Gott hat die Gabe des Sprechens ebensowenig in ihren Mund gelegt wie in den ihres Sohnes. Aber wenn Masal reden könnte, dann würde sie erzählen, wie sie zu Rachamim kam. Sie würde Gott loben und preisen, daß er sie von der dumpfen Erde hinweggenom-

42

men und in himmlische Gärten geführt und ihr Rachamim als Andenken gelassen hat. Immer und immer wieder würde sie jede Einzelheit wiederholen, um sich alles aufs neue einzuprägen.

Es war an einem heißen Sommertag in Jerusalem. Es war ein Tag, an dem der unerträgliche Wüstenwind durch die Stadt fegte und sie mit seinem staubigen Kleid einhüllte. Weil Schabbat war, dösten Mensch und Tier im Schatten, sogar die Vögel und Grillen waren zu müde zum Singen und Zirpen.

Ausgerechnet an diesem Tag hatte Mark sich vorgenommen, ziellos durch die Gegend zu streifen. Er war zu Besuch in Israel und reiste wie ein Globetrotter mal per Bus, mal per Anhalter durch das Land. Er schlief in Jugendherbergen oder am Strand und genoß die Ungezwungenheit seines Aufenthaltes. Freundschaften wurden schnell geschlossen und gingen leicht auseinander, die Tage verliefen sorglos und ungebunden. Eine Woche war er bereits in Jerusalem. Er hatte die Klagemauer besucht und den Felsendom, war durch Kirchen, Synagogen und Moscheen gegangen, und jedes Gebäude hatte sich ihm auf seine Weise mitgeteilt. Ehrfürchtig stand er jetzt vor den jahrtausendealten Steinen der Klagemauer, in deren Ritzen die Bittsteller Zettel mit geheimen Wünschen legten. Die feinen Mosaikarbeiten in den Moscheen beeindruckten ihn, und die leidenden Gesichter der Madonna und Gekreuzig-

44

ten riefen einen Hauch von Trauer in ihm hervor. Mark ließ sich durch den Basar treiben, dessen lebendige Fülle seine Sinne gefangennahm. Handgestickte Kleider hingen neben bunten Teppichen, Krippen aus Olivenholz neben Kupferkannen, braungelbe Lederbeutel neben buntbemalten Kacheln, es wurde gehandelt und gefeilscht, gemessen und gewogen, gelacht und geflucht, und die Luft klirrte, schnatterte, jauchzte, sang, tobte in einem undurchdringlichen Sprachgewirr.

Nun verblieb ihm noch dieser letzte Tag, und er begann ziellos durch die Gegend zu streifen, ohne zu wissen, wohin ihn der Zufall führen würde. Mark trug sandfarbene kurze Hosen, und seine langen Beine waren sehnig und muskulös. Die Sonne hatte die Haut gleichmäßig gebräunt. Trotz seiner männlichen Gestalt hatte sein Gesicht weiche, feminine Züge, und wenn er lächelte, glich er einem Jungen, für den die Welt voller Abenteuer ist. Seine angenehme Erscheinung zog die Frauen an, und er liebte sie mit knabenhafter Bewunderung. In jeder sah er das Besondere, gefiel ihm bei der einen der sinnliche Mund, so liebte er bei der anderen den Glanz ihres Haares, erregte ihn die Brust der einen, so entzückten ihn die Beine der anderen. Mit jeder ging er zärtlich um, und seine langen, schmalgliedrigen Hände streichelten die Brüste, Bäuche und Beine von erfahrenen und unerfahrenen, von

45

schlanken und fülligen, von jungen und nicht mehr ganz jungen Frauen.

Es war um die Mittagszeit, als er zu seinem Spaziergang aufbrach. Die Stadt war still. Nur wenige Autos unterbrachen die Ruhe, die Kinder hüpften in ihren Festtagskleidchen auf den Randsteinen oder spielten Versteck, die Erwachsenen hatten sich zu einem Schläfchen hingelegt, und die Hitze brannte unbarmherzig auf alle nieder. Mark hatte Durst und suchte nach einem Kiosk. Aber alles war geschlossen. Eisenrolläden verdeckten die Schaufenster, und je weiter er ging, desto ärmlicher und schmutziger wurden die Gassen. Mark überlegte, ob er in die Jugendherberge zurückkehren sollte, aber der Weg erschien ihm weit, es gab kein Taxi und keinen Bus, wie ausgestorben lag die Gegend an diesem Schabbatmittag.

Vor einer baufälligen Hütte stand ein Ölbaum, dessen Blätter der Wüstensand lehmig rot gefärbt hatte. Darunter döste auf einer grob gezimmerten Holzbank eine fette, graugefleckte Katze, die bei Marks Näherkommen erschreckt auffuhr und das Weite suchte. Das Brett, das der Bank einst als Lehne gedient hatte, war an der linken Seite heruntergefallen, und der verrostete Bolzen stak im Gerüst.

Mark setzte sich in den Schatten des Baumes und sah sich um. Das Haus war heruntergekommen und ungepflegt. An der Hauswand sproß verdorrtes Unkraut, in der Nähe stand ein Abfallkübel,

46

und der säuerliche, verdorbene Geruch von verfaulten Essensresten reizte seine Nasenschleimhäute. Mark gähnte und fuhr mit der Zunge über die trockenen Lippen. In diesem Moment trat Masal aus dem Haus. Mit ihren kleinen, braunen Augen schaute sie ihn an. Mark lächelte, bog seine Hände zu einer Schale und führte sie zum Mund. Sie verstand ihn, ging ins Haus zurück und brachte einen tönernen Krug mit kaltem, frischem Wasser. Er stand auf, trank gierig, schüttete den Rest des Wassers über seinen Kopf, um sich ein wenig zu erfrischen. Masal nahm den Krug, brachte ihn in das Haus zurück und kam mit zwei Scheiben Wassermelone heraus. Sie gab ihm eine Scheibe und setzte sich auf die Bank. Mark setzte sich zu ihr, und schweigend aßen sie die Melone, deren Kerne sie auf den Boden spuckten. Er schaute sie von der Seite an. Sie war anders als die Frauen und Mädchen, die er jemals berührt hatte. Ihr Gesicht war grob und breit, die Augen verschwammen unter den aufgequollenen Wangen, die krausen Haare waren struppig, ihre großen Brüste hingen bis zum Bauch, der sich rund und fest über zwei dicken Schenkeln wölbte. Mark wunderte sich, daß ihr Geruch ihm nicht unangenehm war. Sie roch warm und weich und erinnerte ihn an eine große wiederkäuende Kuh. Er stellte sich vor, zwischen den Zitzen einer Kuh zu liegen, bedeckt von ihrem warmen Euter, und ihre breite Zunge würde ihm liebevoll seinen Körper lecken. Er nahm ihre patschige Hand und streichelte die kurzen Finger, er legte diese Finger an sein Gesicht und roch den schwieligen und schweißigen Geruch, er berührte mit seinen Händen ihre großen, fleischigen, fallenden Brüste und hörte ihr Herz klopfen, er legte seinen Kopf auf die Schenkel von Masal, küßte den massigen, dicken Bauch, schloß die Augen und fühlte sich in einer geborgenen, geschützten Höhle, als sei er zurückgekehrt in den Mutterschoß, in den Urzustand alles Lebendigen.

Und Masal, was fühlte sie? Wie ein dumpfes Tier war sie aufgewachsen, ohne Sprache, ohne Mutter, ohne Menschen. Außer ihrem Vater kannte sie niemanden, und niemand näherte sich ihr. Ihr Leben bestand aus Essen, Schlafen, Warten auf dem Markt, Essen, Schlafen. Da sie nicht hören konnte, hörte sie niemals etwas von Gefühlen, da sie nicht lesen konnte, las sie nie etwas von Menschen. Sie wußte nichts über andere und nichts über sich selbst. Und nun streichelte sie ein Mann, ein junger, schöner Mann, sie, die nichts von Frauen und noch weniger von Männern wußte. Sie sah auf seine Hand, die die ihrige nahm und mit ihren Fingern spielte. Seine Hand war schmal und lang, und es war ihr, als würde ein Brennen von dieser Hand ausgehen, ein Feuer, das angenehm war und ihre Haut erhitzte. Sie spürte jede Zelle ihres Körpers. Als er seinen

48

Kopf auf ihren Schoß legte, beugte sie die großen Brüste zu ihm herab, und jede Berührung mit seiner Hand linderte das Brennen, um es neu zu entfachen.

Wie viele Stunden blieben sie zusammen, wie viele Minuten? Die Liebe ist zeitlos, das Leben nicht. Dies war der letzte Ferientag von Mark, seine Flugkarte lag bereit neben dem Paß, und als er am nächsten Tag im klimatisierten Flugzeug saß, erschien ihm das gestrige Erlebnis wie ein schöner Traum, den man nicht halten kann und der zerrinnt wie verschüttetes Wasser.

Masal wurde schwanger und gebar einen Sohn. Man gab ihm den Namen Rachamim, was bedeutet, Gott möge sich seiner erbarmen. Jeder, der Masals Schwangerschaft sah, bemitleidete sie, denn welch ein Unhold mußte der Mann gewesen sein, der sich an diesem armen, halbirren, stummen und tauben Mädchen vergriffen hatte. Der Vater tröstete sich am Mitleid der Nachbarn, aber an Masals Ohr drang davon nichts. Niemand wußte, daß Gott selbst sich erbarmt hatte, als er Marks Schritte zu ihrer Hütte lenkte. In allem glich Rachamim seiner Mutter, nur seine Hände, seine langen, schmalen, feingliedrigen Hände, waren von Mark. Und immer wieder küßte Masal die Hände ihres Sohnes, das Andenken, das ihr die Liebe gelassen hatte.

IN HEILIGER ERDE

In einem hinteren Winkel von Mea Shearim wohnt die alte Missis Goldstein. Stundenlang bewegt sie den zahnlosen Kiefer, als kaue sie eine harte Rinde weich. Aus dem knochigen Kinn sprießen weiße, stoppelige Härchen, und um die spitzen Ellenbogen schlottert die Haut wie ein zu weit gewordenes Kleid. Mit ihren gichtigen Gliedern kann sie sich nur mühsam in der kleinen Wohnung bewegen. Im Winter, wenn der Regen gegen die Fensterscheiben klatscht, sitzt sie vor dem elektrischen Heizofen, dessen obere Spirale ausgebrannt ist. An der unteren wärmt sie ihre runzligen, vom Alter gefleckten Hände, und über die Knie legt sie ein Federkissen, das die bläulichen Beine vor der nassen Kälte schützt. Im Frühjahr öffnet sie die Zimmertür, die direkt auf das krumme Gäßchen führt, und stellt einen Stuhl in den Türrahmen. Während des Tages sitzt sie dort und wartet auf den Neffen, der ihr das Essen bringt. Manchmal wartet sie vergeblich, und schon oft ist sie hungrig schlafen gegangen. Längst ist ihre eigene Küche verwaist.

Vor acht Jahren ist sie nach Jerusalem gezogen. Ihr Mann fühlte sein Ende nahen und wollte in der Heiligen Stadt sterben, um unter den ersten zu sein, wenn, unter der Herrschaft des Messias, die Toten auferstehen. Einige Monate, nachdem sie angekommen waren, starb er und ließ Missis Goldstein in der fremden Stadt allein. Sie war überzeugt, nun sei sie an der Reihe und der Herr, gesegnet sei er, nähme sie zu sich. Statt dessen aber verwandelte sich Jerusalem, von dem sie geglaubt hatte, es sei der Vorhof zum Himmel, für Missis Goldstein in einen Kerker.

Weiß ein Mensch, der Familie, Freunde, Verwandte und Bekannte hat, was es heißt, den ganzen Tag allein im Zimmer zu sitzen? Niemand spricht ein Wort, die Decke fällt einem auf den Kopf, die Stille erdrückt die Sinne, jedes Geräusch in der Dunkelheit erschreckt die Seele, doch wem soll man dies alles sagen? Deswegen beginnt Missis Goldstein sich mit den Möbeln zu unterhalten.

»Kannst du dich erinnern, wie es war, als unsere Perla geboren wurde?« sagt sie zu dem Sessel. »Ihre Haut war samtig und schimmerte wie eine kostbare Perle. Ich werde dir ein Wiegenlied singen, mein Kind, damit du ruhig schläfst.« Missis Goldstein summt eine monotone Melodie und wiegt sich dazu im Takt. »Willst du mir helfen, Plätzchen auszustechen, mein Töchterchen? Eine Reihe Herzchen, eine Reihe Sternchen, der Stern,

52

der gelbe Stern, wo ist das Kind?« ruft sie zum Sessel. »Mit dem Transport, mit welchem Transport?« Und mit der Hand verscheucht Missis Goldstein diesen Gedanken. Sie will sich nicht an das Ghetto in Warschau erinnern. Nach dem Krieg war sie alleine, und mit vielen anderen Flüchtlingen überquerte sie den Ozean. Sie blieb in New York, im Stadtteil Bouroughpark.

Dort hatte sie eine Zweizimmerwohnung im dritten Stock in der 55. Straße. Wenn sie am Freitag abend die Kerzen anzündete und den Lichtersegen sprach, dann sah sie durch die geröteten und verschleierten Augen ihren Mann an und die kleine Perla am Tisch sitzen. Während sie den Hefezopf aufschnitt, sang sie dem Kind Schabbatlieder vor, und nachdem sie die Suppe ausgelöffelt hatte, erzählte sie von der schweren Woche und seufzte. Sie arbeitete als Köchin in einem koscheren Restaurant. Wenn sie am Abend die geschwollenen Beine ausstreckte, nickte sie sofort ein. Manchmal war sie sogar zu müde, um von der Couch aufzustehen und sich ins Bett zu legen. Am frühen Morgen fühlte sie sich dann ermattet und zerschlagen. Eine kalte Dusche und ein starker Kaffee halfen ihr wieder auf die Beine, und sie ging hinunter in die Gaststätte, die nur drei Häuserblocks entfernt lag.

Die Jahreszeiten erkannte Missis Goldstein am Essen. Wurde die Küche bis auf den letzten Brotkrümel gesäubert und die Mazzepakete auf die geschrubbten Regale gestapelt, dann reckten vorsichtig die ersten Frühlingsblumen ihre Köpfchen aus dem harten, gefrorenen Boden. Sobald sie die großen Bleche mit Käsekuchen in den Ofen schob, wurden die Tage wärmer, und der Sommer nahte, verteilte der Wirt Honiggläser und Äpfel auf die Tische, dann begann das Laub zu welken, und wenn Missis Goldstein die Krapfen ins kochende Öl gleiten ließ, lag Schnee vor dem Haus, und es war bitter kalt. Am liebsten aber buk sie Hamantaschen, denn dies war das sicherste Zeichen, daß der Winter zu Ende ging. »Erinnerst du dich an die Hamantaschen«, fragt sie den Messingleuchter, »die aus Hefeteig hattest du besonders gerne? Nur wegen der Hamantaschen bist du damals so oft ins Restaurant gekommen. Ich selber mochte die aus Mürbeteig lieber, die habe ich mit zerstoßenen Nüssen und Zucker gefüllt, die Füllung aus Mohn und Rosinen schmeckte mir nicht. Aber du warst ganz verrückt nach dem Mohn. Sie erinnerten dich an zu Hause.«

Ihr zweiter Mann war aus Mea Shearim gekommen, um seine Schwester in New York zu besuchen, und weil ihm das Geld für die Rückreise fehlte, blieb er in der Stadt hängen, wie eine Fliege in einem Spinnennetz. Er hatte die Sechzig überschritten und verdiente sich sein Brot kümmerlich mit Botengängen und Besorgungen für die Angestellten eines Rauchwarengeschäftes. Einmal in der Woche leistete er sich den Genuß,

54

im koscheren Restaurant zu essen, und von allen Gerichten liebte er am meisten die süßen Hamantaschen von Missis Goldstein. »Diese Hamantaschen erinnern mich an Jerusalem«, pflegte er zu sagen und schloß dabei die Augen, um die Gäßchen seiner Heimatstadt besser sehen zu können. Er kam mit Missis Goldstein ins Gespräch. Zuerst redeten sie über das Gebäck, dann über die Errettung des Volkes Israel aus den Händen Hamans, des Bösen, später über New York, und zuletzt stellten sie fest, daß sie beide in dieser riesigen Stadt einsam waren.

So fand sich eine Seele zur anderen, und nach kurzer Zeit heirateten sie. Missis Goldstein war zufrieden. Am Freitag abend sprach sie nun zu lebendigen Ohren, und auf ihre alten Tage erblühte sie wie ein Veilchen, das sich in der Jahreszeit geirrt hatte. Sie wäre aus dem dritten Stock in der 55. Straße nie weggezogen, wäre nicht diese unstillbare Sehnsucht ihres Mannes nach Jerusalem gewesen. Er begann von Jerusalem zu reden, zu träumen, zu singen, zu beten, und langsam zog er sie in seinen Traum hinein. Und eines Tages war es dann soweit. Sie verkauften ihre gesamte Habe, und im hohen Alter verließ das greise Paar die neue Welt, um in der Heiligen Stadt zu sterben. Er starb, und wenn Missis Goldstein am Freitag abend die Kerzen in den Messingleuchter stellt, schluchzt sie. Manchmal erscheinen der erste Mann, das Töchterchen, ihr zweiter Mann, und Missis Goldstein bittet sie alle, Fürsprache beim himmlischen Richter einzulegen, damit sie endlich diese Welt verlassen kann, um in jener Welt im Kreise ihrer Familie zu sitzen.

Die Regenzeit hat aufgehört. Missis Goldstein stellt den defekten Heizofen in die Ecke, öffnet die Tür und schiebt den Holzstuhl in den Türrahmen. Aus einer nahen Schule hört sie die Kinder singen: »Was unterscheidet diese Nacht von allen anderen Nächten?« »Diese Woche muß mir der Neffe ein Paket Mazzes bringen«, denkt sie und wendet sich an den Sessel: »Erinnerst du dich, wie Perla am Seder die vier Fragen gestellt hat? Sie war noch so klein, und ich mußte ihr helfen, weil sie den Text vergessen hatte. ›Was unterscheidet diese Nacht von allen anderen Nächten? In allen anderen Nächten essen wir Gesäuertes und Ungesäuertes, in dieser Nacht nur Ungesäuertes.‹« Sie singt den Text mit den Schulkindern mit. »Glaube mir«, wendet sie sich vorwurfsvoll an den Messingleuchter, »an manchen Nächten habe ich weder Gesäuertes noch Ungesäuertes.«

»Reden Sie zu mir?« fragt eine junge Frau, die gerade an der Tür vorbeigeht.

»Nein, nicht mit Ihnen. Ich unterhalte mich mit meinem Mann«, antwortet die Alte.

»Ach so, entschuldigen Sie«, sagt die Frau und will weitergehen.

56

»Mein Mann ist gestorben, schon vor sieben Jahren. Er war so gebildet und intelligent und so gut. Der Ärmste hatte einen Herzfehler und wußte, wie es um ihn stand. ›Meine Taube‹, sagte er zu mir, ›wer wird sich um dich kümmern, wenn ich nicht mehr dasein werde?‹ ›So darfst du nicht reden‹, warnte ich ihn, ›man darf sich durch Worte nicht versündigen.‹ Er wußte, daß es mit ihm zu Ende ging, und so bin ich allein geblieben«, sprudelte es aus Missis Goldstein hervor.

Die junge Frau ist stehengeblieben und hört zu.

»Wir haben in Amerika gelebt«, erzählt Missis Goldstein weiter, »ich habe schon oft daran gedacht zurückzufahren. Worauf warte ich denn hier? ›Missis Goldstein‹, werden meine Nachbarn rufen, ›endlich sind Sie zurückgekommen. Missis Goldstein, wir haben Sie so vermißt.‹« Die Alte hält inne und zeigt mit der Hand auf den leeren Sessel: »Wollen Sie sich nicht setzen?« Die junge Frau schaut sich unschlüssig um.

»Setzen Sie sich«, fordert Missis Goldstein sie nochmals auf.

»Ich habe wenig Zeit«, zögert die Frau.

»In Amerika hatte ich auch wenig Zeit«, erzählt Missis Goldstein, »aber hier habe ich nichts zu tun. Den ganzen Tag sitze ich allein. Allein soll ein Stein sein«, fügt sie bitter hinzu.

Die junge Frau nimmt auf dem Sessel mit der abgebrochenen Holzlehne Platz und sieht sich im Zimmer um. Ein verrostetes Eisenbett lehnt an der Wand, und ein grünlackierter Tisch, dessen Farbe abblättert, steht an der gegenüberliegenden Seite, daneben ein zweitüriger Kleiderschrank, dem man ansieht, daß er beim Öffnen quietscht. Darauf sind drei verstaubte Koffer gestapelt. Neben dem Fenster befindet sich eine Kommode mit zwei fehlenden Schubladen, und darauf stehen ein Messingleuchter und eine in Glas gefaßte Fotografie eines etwa siebenjährigen Mädchens.

»Zwei Männer hatte ich«, fährt Missis Goldstein hastig fort, als müsse sie innerhalb weniger Minuten ihr Leid klagen, »und eine bildschöne Tochter. Meinen ersten Mann und das Kind hat Hitler umgebracht, und der zweite ist vor sieben Jahren gestorben. Er war so gebildet und intelligent und gut«, wiederholt die Greisin. Die Fremde erhebt sich.

»Sie gehen schon?« fragt Missis Goldstein enttäuscht.

»Ich habe es eilig«, antwortet die junge Frau.

»Wissen Sie, ich möchte nach Amerika zurück. Ich will hier nicht bleiben. Waren Sie schon in Amerika?« fragt Missis Goldstein.

»Nein.«

»Wollen Sie nicht einmal nach Amerika fahren?«

»Daran habe ich noch nie gedacht«, sagt die junge Frau und verabschiedet sich.

»Schade, daß sie fortgegangen ist«, bemerkt Missis Goldstein zum Sessel, »aber je mehr ich mir das überlege, desto besser gefällt mir die Idee, nach Bouroughpark zurückzugehen.«

Nach einigen Wochen besucht die junge Frau Missis Goldstein. Die Alte ist überrascht und erfreut. »Kommen Sie herein«, begrüßt sie den unverhofften Gast, »und setzen Sie sich. Ach, wie schön, daß Sie gekommen sind. Den ganzen Tag sitze ich hier allein. Manchmal vergißt sogar mein Neffe, mir das Essen zu bringen. In Amerika hatte ich soviel Essen, wie ich wollte, ich habe in dem koscheren Restaurant gekocht. Was haben Sie da?«

Die Frau hat Kuchen und Erdbeeren aus ihrem Korb hervorgeholt und bietet beides Missis Goldstein an.

»Erdbeeren«, staunt die Alte, »wie lange habe ich keine Erdbeeren mehr gegessen. In Amerika habe ich die Erdbeeren mit Zucker und Sahne zubereitet. Ich habe übrigens endgültig beschlossen zurückzufahren und werde wieder als Köchin arbeiten. Der Wirt im Restaurant wird überglücklich sein, wenn ich wiederkomme. ›Missis Goldstein‹, wird er rufen, ›wie froh bin ich, daß Sie wieder bei uns kochen wollen. Missis Goldstein, ihre Küche war die beste.‹«

Die Alte ißt mit Genuß den Kuchen und die Erdbeeren.

»Wollen Sie nicht auch nach New York kommen?« fragt sie die junge Frau.

»Ich weiß nicht.«

»Was wissen Sie nicht? Glauben Sie mir, New York wird Ihnen gut gefallen. Überlegen Sie es sich. Sie können dort einen netten Mann kennenlernen und heiraten. Ich will nicht mehr heiraten. Zwei Männer sind mir gestorben. Zum Heiraten bin ich zu alt.«

»Man ist nie zu alt«, wendet die junge Frau ein.

»Das ist wahr«, stimmt ihr Missis Goldstein zu, »aber ich will trotzdem nicht mehr. Obwohl damals der Präsident der Bank, er hat bei uns im Restaurant gegessen, zu mir gesagt hat: ›Eine Frau wie Missis Goldstein bräuchte ich.‹ Der Präsident ist ein angesehener Mann. Wenn ich nach Bouroughpark komme und in die Bank gehen werde, wird er auf mich zukommen und mich begrüßen: ›Missis Goldstein, wo sind sie so lange gewesen, ein Glück, daß Missis Goldstein zurückgekehrt ist.‹ Aber noch einmal heiraten will ich nicht.« Die Alte erhebt sich und hinkt auf ihr Bett zu. »Der linke Fuß tut mir heute so weh«, jammert sie.

»Wo?«

Missis Goldstein legt sich auf das Bett, und die junge Frau besieht sich den schwieligen, geschwollenen Fuß. Sie massiert leicht die alten Knochen.

»Das ist gut«, seufzt die Greisin. »Wo haben Sie das gelernt? Von Pediküre kann man in Amerika reich werden. Überlegen Sie nicht lange, kommen Sie nach New York. Sie haben samtene Hände«,

60

und unter der angenehmen Massage schläft sie ein.

In den nächsten Tagen und Wochen denkt Missis Goldstein unaufhörlich an die junge Frau. »Wie unter einem Zauber sind mir die Schmerzen in dem Bein verschwunden«, erklärt sie dem Sessel und dem Messingleuchter. Ihre langen Tage sind nun angefüllt mit Warten. Kommt die Frau heute am Morgen oder am Nachmittag, vielleicht erscheint sie am Abend oder morgen früh. Sobald es hell wird, setzt sie sich auf ihren Stuhl in den Türrahmen, um den ersehnten Gast nicht zu verpassen. Hundertmal am Tag glaubt sie, die Erwartete von weitem zu sehen, aber wenn sie sich nähert, verwandelt sie sich in eine andere. Manchmal beschleicht die Hoffnungslosigkeit Missis Goldstein, und sie ist überzeugt, daß die junge Frau nicht wiederkommen wird.

An einem schwülen Nachmittag fühlt sich Missis Goldstein so schwach, daß sie sich ins Bett legen muß. Sie liegt im Halbschlummer, als es an der Tür klopft.

»Wer ist da?« ruft sie erschrocken.

»Ich wollte Sie nicht stören«, entschuldigt sich die junge Frau.

»Aber Sie stören mich doch nicht, Sie stören mich nicht, liebe Freundin«, begrüßt sie die Alte. »Setzen Sie sich. Was für ein Glück, daß Sie gekommen sind. Ich reise endgültig ab. Hier bleibe ich nicht länger. Niemand kümmert sich um mich,

61

sogar mein Neffe hat mich vergessen. Den ganzen Tag habe ich noch nichts gegessen.«

Aus ihrem Korb holt die junge Frau Schokoladewaffeln und Weintrauben hervor. Stöhnend setzt sich Missis Goldstein auf. Die Frau schüttelt ihr das Kissen aus und legt es ans Kopfende des Bettes, so daß sich die Greisin bequem anlehnen kann. Während sie die Weintrauben ißt, schwärmt sie von Amerika: »Alles gibt es dort. Hühner, Gänse, Tauben, Fische, was man sich nur vorstellen kann. Kommen Sie doch nach Bouroughpark«, bittet sie.

»Vielleicht werde ich Sie dort besuchen«, antwortet die junge Frau.

»Warum nur besuchen? Sie sollen ganz übersiedeln. Die erste Zeit können Sie bei mir wohnen. Ich miete mir eine große Wohnung, so daß wir beide genug Platz haben werden. Arbeit werden Sie schnell finden, in Amerika arbeitet jeder. Am Wochenende werden wir spazierengehen und zusammen im Café Pralinen naschen. Ich will auch nicht mehr die ganze Woche arbeiten. Nur am Donnerstag und am Freitag, da gibt es am meisten zu tun. An den restlichen Tagen koche und backe ich für uns. Ich werde für Sie gefüllte Paprika und roten Borscht, Kalbsleber und süßen Fisch, Hühnersuppe und Krautrouladen zubereiten. Sogar die Hefezöpfe für den Schabbat mache ich selber, dazu Apfel- und Mohnstrudel, und meine Hamantaschen sind die besten in ganz

Amerika.« Vor lauter Aufregung verschluckt sie sich an den Schokoladewaffeln und beginnt keuchend zu husten. Die junge Frau schlägt ihr leicht auf den Rücken, Missis Goldstein atmet tief durch.

»Es geht schon wieder. Glauben Sie mir, Sie werden ihr Glück in Amerika machen und heiraten. Aber bis zur Hochzeit werden Sie bei mir wohnen. Als junge Frau kann man nicht allein leben. Aber was ist schlecht dabei? Wir werden gut miteinander auskommen, und ich werde nicht mehr allein sein.« Sie beginnt wieder zu husten und bekommt Kopfschmerzen. Die junge Frau streicht ihr mit der flachen Hand über den Rücken.

»Ruhen Sie sich aus, Missis Goldstein«, sagt sie und hilft der Alten, sich hinzulegen. Sie deckt sie mit der Wolldecke zu, holt ein Handtuch, befeuchtet es und kühlt damit die zerfurchte Stirn. Missis Goldstein schließt die Augen und fühlt sich in ihre Kindheit zurückversetzt.

Als sie aufwacht, ist die junge Frau nicht mehr im Zimmer. »Warum ist sie fortgegangen?« fragt Missis Goldstein den Sessel. »Wir müssen doch die Reise vorbereiten. In Amerika kaufe ich mir neue Kleider, Israel ist ein armseliges Land, alle tragen hier Lumpen, aber Amerika ist elegant. ›Missis Goldstein‹, werden meine Nachbarn rufen, ›wie gut Sie aussehen. Missis Goldstein, endlich sind Sie angekommen.‹« Vom Bett sieht sie auf die drei Koffer. »Wozu brauche ich überhaupt drei Koffer?« überlegt sie, »meine Leiden und Schmerzen werde ich nicht einpacken. Außer dem Leuchter, dem Bild und dem Sessel nehme ich nichts mit, das restliche Gerümpel bleibt hier. ›Aha‹, wird der Präsident der Bank sagen, ›Sie sind wieder hier, Missis Goldstein. So eine Frau wie Sie suche ich.‹ Aber ich will nicht mehr heiraten, ich werde die Hochzeit meiner jungen Freundin ausrichten. Den schönsten Saal werden wir mieten und hundert Gäste einladen. Als Vorspeise gibt es gehackte Leber und Eier mit gebratenen Zwiebeln, danach gefüllten Fisch, und mindestens drei Sorten Fleisch muß ich vorbereiten. Rinderbrust, Hühnerschenkel und Zunge. Oder vielleicht lieber Kalbfleisch. Ganz Amerika hat so eine Hochzeit noch nicht gesehen. Ich muß mir ein langes Kleid schneidern lassen, aus Brokat, so eines, wie meine Mutter bei meiner Hochzeit getragen hat. Ihr Kleid wird eine weiße Tüllwolke sein«, und vor Freude preßt die Alte die Hände gegen die Brust. Diese Träume begleiten sie bei Tag und bei Nacht.

Die Regenzeit hat eingesetzt, und die Straße verwandelt sich in ein Rinnsal. Es ist kalt im Zimmer, und Missis Goldstein liegt die meiste Zeit im Bett. Mal zittert sie vor Kälte, und mal schwitzt sie vom Fieber. »Wo bleibt sie«, fragt die Greisin abwechselnd den Sessel und den Leuchter, »wir müssen doch wegfahren«?

An einem düsteren, regnerischen Abend geht die Tür auf, und die junge Frau tritt ein. Der Raum ist kalt und feucht, die zweite Spirale vom Heizofen ausgebrannt. Auf dem Stuhl, der neben dem Bett steht und als Nachtschränkchen dient, liegt eine vertrocknete, angebissene Scheibe Brot mit verkrustetem Käse. Der Wind pfeift durch die Ritzen der Tür, und der Regen dringt durch die undichten Fenster. Missis Goldstein liegt fiebernd im Bett. Seit drei Tagen ist sie nicht mehr aufgestanden. Die junge Frau holt Mandarinen aus ihrer Einkaufstasche und legt sie neben die Brotscheibe. Sie setzt sich auf die Bettkante, schält eine Mandarine und zerteilt sie in einzelne Scheibchen. Sie sieht auf das fahle, wächserne Gesicht der Greisin. Die Perücke der Alten ist verrutscht und schmutzigweiße Stoppeln kommen darunter zum Vorschein.

»Missis Goldstein«, flüstert sie, »Missis Goldstein, ich habe Ihnen Mandarinen mitgebracht.« Die Angesprochene reagiert nicht, und die junge Frau ruft lauter.

»Missis Goldstein, wachen Sie auf.«

Die Kranke öffnet die benebelten Augen, und die junge Frau schiebt ihr ein Mandarinenscheibchen zwischen die eingefallenen Lippen. Der säuerliche, frische Geschmak weckt Missis Goldstein noch einmal auf. Die Greisin zittert, und die junge Frau streichelt ihr die heiße, welke Hand.

»Meine Tochter«, haucht die Alte, »meine geliebte

Tochter, bist du endlich gekommen. Geh nicht mehr fort, mein Kind.«

»Nein«, verspricht die junge Frau und umarmt die Sterbende. »Wir fahren gemeinsam nach Amerika, nach Bouroughpark.« Missis Goldstein seufzt tief und verliert das Bewußtsein.

Nach Jahren führte der Zufall die junge Frau nach New York, und sie erinnerte sich an die alte Missis Goldstein. Aus einer momentanen Laune heraus fuhr sie mit dem Bus nach Bouroughpark. Sie fand das Restaurant, und der Vater des Wirtes erinnerte sich gut an seine langjährige Köchin. Als er hörte, daß sie verstorben sei, strich er sich mit der Hand über seinen weißen, schütteren Bart und sagte: »Welch eine Gnade ist ihr zuteil geworden, in heiliger Erde begraben zu werden.«

VIERZIG JAHRE WAR ISAAK

Herschel Birenbaum feiert seinen siebzigsten Geburtstag. »Wie schnell die Jahre vorbeilaufen«, denkt er, »es kommt mir so vor, als sei ich erst gestern Bar Mitzwa geworden.« Dies ist das Geschlecht Isaaks, des Sohnes Abrahams. Abraham zeugte Isaak. Isaak war vierzig Jahre alt, da er Rebekka zum Weibe nahm. »Möglicherweise«, überlegte Henschel, »war es kein Zufall, daß ich gerade diesen Wochenabschnitt bei meiner Bar Mitzwa gelesen habe, vielleicht war meine Zukunft schon damals vorbestimmt gewesen. Was würde meine Mutter sagen, wenn sie mir zu meinem siebzigsten Geburtstag gratulieren könnte? Es wundert mich selber, daß ich ihn erlebe. Seit meiner Kindheit bestand die Mutter darauf, daß ich einen Herzfehler habe, und sie behütete und umsorgte mich aus Angst, ich könnte jung sterben. Jede Aufregung wollte sie von mir fernhalten, und am liebsten war es ihr, wenn ich in ihrer Nähe saß und mich mit ihr unterhielt. Zu meinem Unglück war ich ihr einziger Sohn, ihr Augenlicht, ihr Lebensinhalt, meine beiden Schwestern beachtete sie kaum. Das heißt, sie liebte sie schon, aber sie beobachtete die Mädchen nicht unentwegt wie mich. Herschele hin und Herschele her, Herschele schwitzt, und Herschele hat blaue Lippen, Herschele hat heiße Hände, und Herschele hat gefrorene Füße. Meine Mutter sorgte sich unaufhörlich um mich und stopfte mich mit Essen, wie man eine Gans mit Klößen stopft. Ich hasse Milch und Butter. Meine Mutter bestand jedoch darauf, daß Butter und Milch die einzige Rettung für ein schwaches Herz seien. Ehrlich gesagt, ich habe ein Herz aus Eisen, sonst wäre es mir vor Wut zersprungen. Jeden Tag zwang sie mich, warme Milch zu trinken, stundenlang redete sie mir zu, bat, weinte, schimpfte, drohte, küßte und streichelte mich, bis ich meine Tasse ausgeleert hatte. Und was für eine Tasse. Ich weiß nicht, wo sie so eine große Tasse bekommen hatte. Wie ein kleiner Nachttopf sah die Milchtasse aus, und drei normale Becher Milch konnte man in sie hineingießen. Diese Tasse hat mich meine ganze Kindheit über verfolgt. In den Nächten träumte ich, sie stülpe sich über mich wie eine Glocke, und ich kann ihr nicht entrinnen, sondern muß in einem weißen Milchsee ertrinken.

Meine beiden Schwestern waren das genaue Gegenteil von mir. Rina war robust und kräftig und schlug sich mit allen Kindern in der Nachbarschaft. Ihre Beine waren mit blauen Flecken übersät, die Knie ständig aufgeschlagen und ihr

68

Gesicht immer zerkratzt. Sie aß für ihr Leben gern, es war, als würde sie niemals satt. Wie oft hat sie mich vor dem Geschrei der Mutter gerettet, indem sie verstohlen meine Portion gleich mitaß. Meine Mutter glaubte, ich hätte den Teller geleert, und war zufrieden, Rina war zufrieden, und ich war es erst recht. Aber ich wollte gar nicht vom Essen erzählen, sondern von den vierzig Jahren, die Isaak bei seiner Hochzeit alt war.

Als ich mit dreizehn Jahren Bar Mitzwa wurde, war ich sehr klein und sah aus wie ein Zehnjähriger. Alle anderen Jungen in meinem Alter schossen in die Höhe, nur ich nicht. Meine Schwester Rina war groß und dick, meine Schwester Freidel war groß und dünn, ich hingegen war klein und dünn. Darüber wurde meine Mutter ganz verrückt. »Das Kind hat nicht nur einen Herzfehler, es wächst auch nicht, es muß etwas geschehen.« Man schleppte mich von einem Doktor zum anderen, man untersuchte die Knochen, die Leber, das Gehirn und das Herz, und die Ärzte versicherten meiner Mutter, ich sei gesund und würde gewiß noch wachsen. Aber meiner Mutter konnte man viel versichern. Vom Herzfehler wollte sie nicht abgehen, und meine Größe, oder besser gesagt, meine Kleinheit, brachte sie an den Rand des Verstandes. »Jeder wächst, nur du nicht«, warf sie mir täglich vor, als würde ich absichtlich klein bleiben, »und jeder ißt wie ein Mensch, nur du ißt wie ein Vogel«, und damit waren wir wie-

70

der bei ihrem Lieblingsthema. Mein Vater war ein stiller Mann, und die schönsten Stunden in der Woche waren die, wenn er und ich am Schabbatmorgen in die Synagoge gingen und die Frauen zu Hause blieben. Jedesmal bat ich Gott, meine Mutter möge noch einen Sohn bekommen, damit sie mich in Ruhe ließe. Aber sie bekam keine Kinder mehr. Ich blieb ihr Nesthäkchen, ihr Liebling, ihr ein und alles, und ich sehnte den Tag herbei, an dem ich von zu Hause ausziehen würde. Schließlich, sagte ich mir, heiraten alle und gründen eine eigene Familie, und so werde ich eines Tages auch heiraten und von der Mutter fortziehen.

Seit ich denken kann, wollte ich also heiraten. Die Frauen reizten mich nicht so sehr wie der Gedanke an die Freiheit. Mein eigener Herr sein, meine eigene Wohnung haben, meinen eigenen Tisch, fern von der Mutter und meinen Schwestern. Täglich malte ich mir aus, wie ich meine Wohnung einrichten würde, welche Möbel ich hineinstellen, welche Gardinen ich kaufen wollte und wie die Lampen und Bilder aussehen müßten.

Meine Wohnung nahm von mir Besitz wie ein Dämon, den man nicht abschütteln kann. An keinem Möbelgeschäft konnte ich vorbeigehen, ohne mir Waren und Preise anzusehen, ich begutachtete Teppiche und befühlte Stoffe und begann Grundrisse von großen und kleinen Häusern aufzuzeichnen. Ich wurde geradezu besessen von meiner imaginären Wohnung. Es genügte mir nicht mehr, nur die Zimmer aufzuzeichnen, sondern ich begann, aus Holz Miniaturmöbel zu schnitzen und eine Art Puppenstube zu bauen. Meine gesamte Freizeit verbrachte ich mit diesem Spielzeug, das ich ängstlich in der hintersten Ecke im Schrank versteckte, damit es niemandem in die Hände fiel. Ich schämte mich, wenn ich daran dachte, wie ich mit einem Puppenhaus spielte, ich, der inzwischen ein fast erwachsener Mann war und heiraten wollte.

Sosehr ich es auch wollte, es heiratet sich nicht so einfach. Mit zwanzig war ich schüchtern, und wenn ich nur eine Frau ansah, wurde ich rot und begann zu zittern. Andere Männer in meinem Alter hatten jeden Tag neue Mädchen, sie herzten und küßten sie, und ich wußte noch nicht einmal, wie man das macht. Küssen hätte ich schon gekonnt, aber wie bringt man ein Mädchen dazu, daß es sich umarmen läßt? Wenn wir auf einer Bar-Mitzwa- oder einer Hochzeitsfeier eingeladen waren, spielte eine Kapelle, und die jungen Burschen tanzten mit den Mädchen, drückten sie verstohlen an sich, streichelten ihre langen Haare, lächelten sie mit verschmitzten Augen an, und ich saß stocksteif dabei und sah nur zu. Ich konnte nicht tanzen. Meine Mutter hätte doch der Schlag getroffen, wenn ich hätte tanzen lernen wollen. »Mit einem Herzfehler darf man nicht tanzen«,

72

hätte sie gesagt. Und deswegen saß ich bei jeder Festlichkeit am Tisch und beobachtete nur stumm die anderen. Einmal, bei einer Hochzeit einer Kusine, saß mir ein junges Mädchen gegenüber. Sie war vielleicht achtzehn oder neunzehn Jahre alt und sah mit ihren zwei weißen Spangen im braunen Haar so nett und freundlich aus. Ich wollte sie gerne ansprechen, aber was sollte ich sagen? »Was sagt man überhaupt?« überlegte ich. Vielleicht kann ich sie fragen, wie sie heißt, aber dann wird sie antworten: »Was geht es Sie an?« Sollte ich sie fragen, was sie denn so die ganze Zeit über tut, so würde sie antworten: »Sie sehen ja, ich sitze am Tisch.« Vielleicht sollte ich ihr von meiner Arbeit erzählen, aber wird sie dann nicht antworten: »Ihre Arbeit interessiert mich nicht«? Wie sehr ich auch nachdachte und mir den Kopf zerbrach, mir fiel keine passende Frage ein, und so schwieg ich. Das Mädel schwieg auch, und ich habe nie erfahren, wie sie hieß oder wer sie war. Als ich zu Hause im Bett lag, fielen mir tausend Fragen ein, zum Beispiel, ob sie eine Verwandte des Bräutigams war oder ob sie aus einer anderen Stadt käme oder wie ihr die Kapelle und der Sänger gefielen. Ich ärgerte mich wochenlang über die verpaßte Gelegenheit, aber ebenso wie man den vergangenen Augenblick nicht zurückrufen kann, konnte ich diesen Moment nicht zurückholen. Mir wurde immer klarer, daß ich nicht heiraten würde, sondern mein ganzes Leben bei meiner Mutter wohnen bleiben würde. Der Gedanke, mir ein Zimmer zu mieten, kam mir nicht in den Sinn, denn das hätte meine Mutter ins Grab gebracht. Sie hätte es nicht ertragen zu wissen, daß niemand für mich kocht und wäscht, und wäre jeden Tag zu mir gekommen, um nachzusehen, ob ich noch am Leben sei. So blieb mir nichts übrig, als weiterhin an meiner kindischen Puppenstube zu basteln und meinen Träumen von Freiheit und Unabhängigkeit nachzuhängen.

Nachdem ich die Schule beendet hatte, ging ich zu einem Goldschmied in die Lehre. Ich will nicht prahlen, aber ich hatte wirklich ein gutes Auge und eine geschickte Hand. Mein Meister war selbst noch ein junger Mann, und er war mit meiner Arbeit sehr zufrieden. Ich liebte es, mit Gold zu arbeiten, es nahm unter meinen Händen edle Konturen und zierliche Formen an, und aus einem rohen Klumpen entstanden bezaubernde Broschen, geschmeidige Ketten und kunstvolle Ringe. Anstelle von Frauenarmen streichelte ich die Armbänder, statt zarter Frauenhälse liebkoste ich die Goldketten. Meine ganze Zärtlichkeit und Sehnsucht legte ich in das Geschmeide. Die Kundinnen bewunderten den von mir angefertigten Schmuck und kamen von nah und fern, um bei uns zu kaufen. Hanna, die Frau des Meisters, hielt die geschäftliche Seite des Betriebs in ihrer Hand, sie führte Buch, mahnte Kunden, bezahlte

74

Lieferanten, jede Kleinigkeit hatte sie im Kopf. Der Umfang des Geschäftes nahm zu, und Hanna und der Meister kauften ein Haus. Im Erdgeschoß bauten sie die Werkstatt und den Laden aus, stellten einen Lehrling ein, und im ersten Stock bezogen sie eine geräumige Wohnung. Über ein Jahr waren Hanna und der Meister mit Möbelkäufen beschäftigt. In Antiquitätenläden erwarben sie stilvolle Möbel, kauften Perserteppiche, Lampen aus Kristall, und die Fenster verkleideten sie mit Seidenstoffen. Sie verwirklichten alle meine Träume, und ich sah, wie stets in meinem Leben, nur zu. Wie beneidete ich den Meister um sein eigenes Haus, seine eigene Frau, sein eigenes Leben. Er hatte alles, was ich mir wünschte, während ich mein Leben lang ein unmündiger Junge bleiben würde, von der Mutter umsorgt und mit meinen Träumen und Sehnsüchten allein gelassen.

Der Meister und Hanna hatten alles, nur kein Kind. Es war schon so, wie meine Mutter sagte: »Alles in einem, das gibt's bei keinem«, das heißt, immer fehlt dem Menschen etwas zu seinem vollkommenen Glück. Hanna fuhr zu diesem Arzt und jenem Professor, es half nichts. Sie machte Kuren, schluckte Tabletten, nahm Bäder und wurde nicht schwanger. Die Jahre gingen vorbei, und Hanna wurde rundlicher, mußte ein Brille bei der Buchhaltung aufsetzen, um die kleinen Ziffern zu sehen, aber das Kinderzimmer blieb leer. Muß denn jeder Mensch Kinder haben? Mir hätte schon eine eigene Wohnung gereicht, ein Zuhause, wohin ich mich hätte zurückziehen können. Aber es ist eben so, hat man das eine, will man auch das andere. Hanna und der Meister hätten glücklich sein können. Jeden Luxus konnten sie sich leisten, zweimal im Jahr fuhren sie in Kurorte zur Erholung, und trotzdem legte sich ein trauriger Zug um Hannas Mund. Es war so ein resignierter Zug, wie jemand, der sagen wollte, mir kann keiner helfen. Doch es wurde ihr geholfen, wenn auch ganz anders, als sie es sich gedacht hatte.

Eines Morgens, völlig unvermittelt, griff sich der Meister ans Herz. Er taumelte und rang nach Luft. Wir standen wie versteinert vor ihm, bis Hanna sich faßte und nach einem Doktor rief. Wie von Hunden gehetzt lief ich zum Arzt, bis wir jedoch in die Werkstatt zurückkamen, hatte der Meister seinen Geist aufgegeben. Er erlag einem Herzschlag. Wir waren untröstlich, aber so ist das Leben. Sieben Tage saß Hanna auf dem Boden und trauerte um ihn. Jedem saß der Schreck über den plötzlichen Tod noch in den Gliedern, wir konnten uns nicht vorstellen, wie unser Leben ohne den Meister weitergehen würde. »Was soll ich ohne ihn machen?« jammerte Hanna. »Warum bin ich so jung zur Witwe geworden?« Sieben Tage blieben die Werkstatt und der Laden geschlossen, danach begannen der Lehrling und

76

ich wieder zu arbeiten. Als man nach einem Monat den Grabstein auf des Meisters Grab gesetzt hatte, nahm Hanna das Geschäft wieder in ihre Hände. Ich übernahm nun die Einkäufe von Edelmetallen, achtete darauf, daß die Bestellungen pünktlich ausgeführt wurden, ein neuer Geselle wurde eingestellt, und ich übernahm den Platz des Meisters. Es gab viel Arbeit, die Geschäfte gingen glänzend. Ich muß gestehen, ich hatte eine glückliche Hand im Geschäftsleben. Im Verkaufen war ich noch begabter als in der Herstellung der Schmuckwaren. So schüchtern und unsicher ich sonst den Frauen gegenübertrat, wenn ich ihnen ein Armband oder eine Kette umlegte, wollten sie das Geschmeide nicht mehr ablegen. Eines Tages, ich hatte am Vormittag ein paar wunderschöne, sehr teure Diamantohrringe verkauft, fragte mich Hanna, ob sie mich zum Essen bei sich zu Hause einladen dürfte, wir könnten den gelungenen Geschäftsabschluß gemeinsam feiern. Obwohl ich Hanna nun schon viele Jahre kannte, waren wir nie privat zusammengewesen, und die Einladung überraschte und erfreute mich gleichermaßen. Am nächsten Abend rasierte ich mich sorgfältig, zog meinen Feiertagsanzug an, kaufte Blumen und ging zu Hanna. Das letzte Mal war ich nach der Beerdigung des Meisters in ihrer Wohnung gewesen, die Spiegel waren damals mit Tüchern verhüllt gewesen, die Vorhänge zugezogen, und Hanna hatte bleich und verweint auf einem niedrigen Schemel gesessen und zum Zeichen der Trauer die Schuhe ausgezogen. Dieses Mal war die Wohnung hell erleuchtet, und das Licht spiegelte sich im geschliffenen Glas des Kristallüsters wider. Der Tisch im Eßzimmer war festlich gedeckt, und Hanna trug ein hellgrünes, seidenes Kleid, das zwischen den Brüsten gerafft und mit einer Diamantbrosche geschmückt war. Sie war damals neununddreißig Jahre alt, elf Jahre älter als ich. Obwohl ich sie seit vierzehn Jahren fast jeden Tag in der Werkstatt und im Laden gesehen hatte, begann mir jetzt das Herz zu klopfen. Sie hatte süßen Karpfen und Fleisch mit einer scharfen Pfeffersoße zubereitet, und dazu reichte sie weißen Wein. Wir unterhielten uns über Kunden und Lieferanten, über Termine und Geschäfte, und übergangslos fragte Hanna, ob ich eine Freundin hätte und was ich am Feierabend machte. Ich wurde rot, aber Hanna tat so, als bemerke sie die peinliche Röte nicht. »Ich habe keine Freundin«, antwortete ich, »am Abend lese ich oder gehe spazieren. Ich bin sehr viel allein.«

»Ja«, bemerkte Hanna, »abends bin ich auch meistens allein. Seit der gottselige Meister gestorben ist, bin ich einsam geworden.« Nach dem Essen setzten wir uns auf das Sofa in den Salon, und Hanna servierte Kaffee in kleinen goldenen Mokkatassen. Mir war die Situation peinlich und angenehm zugleich. So recht wußte ich nicht mehr, was ich erzählen sollte, aber es war wohltuend, neben ihr zu sitzen und sie anzusehen. Im Verlauf des Abends erschien mir Hanna immer schöner, und in Gedanken umarmte ich ihre weißen Arme und streichelte den festen Rücken. Sie sah so weich und rund und ganz mädchenhaft jung aus. Ich hätte jedoch nie gewagt, auch nur die kleinste Andeutung in dieser Richtung zu machen, besonders weil Hanna nun begann, von dem verstorbenen Meister zu erzählen. Meine Gedanken kamen mir sündig und schmutzig vor. Zum Abschied küßte ich ihr die Hand. Dieser Handkuß war der erste Kuß, den ich einer Frau in meinem Leben gegeben hatte, das erste Mal hatten meine Lippen die Haut einer Frau berührt. Obwohl ich nur flüchtig ihre Hand gestreift hatte, glaubte ich, mein Herz würde vor Wonne und Angst zerspringen. Die darauffolgende Nacht verbrachte ich schlaflos, wälzte mich von einer Seite auf die andere und wußte nicht, wie ich ihr am nächsten Tag im Geschäft gegenübertreten sollte. Hatte ich mich tölpelhaft benommen, hätte ich ihr die Hand nicht küssen sollen, sicherlich hatte Hanna geistreichere Gespräche erwartet, tausend Zweifel an meinem Verhalten quälten mich.

Am nächsten Morgen kam mir Hanna sehr freundlich in der Werkstatt entgegen und sagte, daß sie den gestrigen Abend genossen habe, wie schon seit langem keinen Abend mehr.

An diesem Tag entwarf ich ein Armband, dessen Ausführung wochenlange Arbeit kostete. Wie kleine Schlangen wanden sich goldene Glieder ineinander, und dazwischen setzte ich lupenreine Diamanten ein. Hanna war entzückt von dem Schmuck. »Ihre Hände sind aus Gold, Herschel«, lobte sie mich, »deswegen können Sie so gut mit Gold umgehen.« Sie lud mich wieder ein und noch einmal, und ich weiß nicht, wie es kam, irgendwann habe ich sie richtig geküßt und an mich gedrückt.

Um die Sache kurz zu machen, Hanna schlug mir eines Tages vor, mich zu heiraten, es wäre eine gute Verbindung für beide Seiten, und ich stimmte glücklich zu.

Meiner Mutter gefiel der Gedanke an die Heirat mit Hanna nicht.

»Erstens«, wandte sie ein, »ist Hanna zu alt für dich, wenn du schon heiratest, dann nimm ein junges Mädel, und zweitens kann sie keine Kinder bekommen.«

»Ich brauche keine Kinder«, entgegnete ich.

»Jeder beglückt seine Eltern mit Enkelkindern, nur du brauchst keine«, jammerte sie, »was werden die Nachbarn und Verwandten sagen, wenn du eine Frau heiratest, die elf Jahre älter ist als du.« Diesmal wußte ich, meine Mutter würde sich auf den Kopf stellen können, ich würde meinen Willen durchsetzen und Hanna heiraten. So blieb meiner Mutter nichts anderes übrig, sie mußte sich fügen. Im engsten Familienkreis wurde Hochzeit gehalten, an Hannas vierzigstem Geburtstag. Während ich unter dem Trauhimmel stand, erinnerte ich mich an meine Bar Mitzwa und an die Worte, die ich aus der Thora vorgelesen hatte: »Isaak war vierzig Jahre, da er Rebekka zum Weibe nahm.«

Vierzig Jahre war Isaak, war er auch so unwissend wie ich? Was wußte ich von Frauen, und nicht genug, daß ich nichts wußte, schämte ich mich zusätzlich. Als ich Hanna im Nachthemd im großen eichenen Bett liegen sah, kam es mir vor, als läge der Meister daneben. Das war das Bett vom Meister, das waren seine Daunendecken und Kissen, seine Bettbezüge und seine Frau. Was suche ich überhaupt hier, ging es mir durch den Kopf, als ich hilflos vor dem großen Bett stand. Aber es ist nun einmal so, der Kopf ist eine Sache und der Körper eine andere. Hanna war eine feinfühlige und erfahrene Frau, wie ein reifer Pfirsich, so süß und weich. Was soll ich lange erzählen, die kinderlose und unfruchtbare Hanna wurde noch in dieser Nacht schwanger. Fünfzehn Jahre war sie mit dem Meister verheiratet gewesen, Hunderte von Tabletten hatte sie geschluckt, Ärzte und Professoren hatten sie untersucht, die teuersten Bäder hatte sie genommen, und nichts hatte geholfen. Und nun, ohne daß jemand daran dachte, war sie in guter Hoffnung und gebar nach neun Monaten unsere erste Tochter Mirjam. Es war, als hätte sich Hannas Leib geöffnet, er war fruchtbar wie Erde, die jahrelang brachgelegen und plötzlich bewässert und besät wird. Nach weiteren zehn Monaten kam unsere zweite Tochter Dalia zur Welt. Beim drittenmal hoffte ich auf einen Sohn, aber wieder gebar Hanna eine Tochter, die wir Jaffa nannten, und noch einmal füllte sich ihr Leib, und sie gebar die vierte Tochter Dora. »An Frauen«, lächelte der alte Herschel, »hat es mir in meinem Leben wahrhaftig nicht gemangelt. Vier Töchter sind kein Gelächter, mögen sie bis hundertundzwanzig leben.«

Simcha und die Freude

Als das Kind geboren wurde, fiel der Mutter sofort ein feiner Strich auf der Stirn des Säuglings auf. Die Linie, senkrecht über der Nasenwurzel, teilte das Gesichtchen des Neugeborenen in zwei Hälften. Die Mutter erschrak ein wenig. Noch bei keinem Kind hatte sie eine derartige Zeichnung auf der Stirn gesehen. Die Hebamme jedoch beruhigte sie und meinte: »Diese Falte ist durch die Geburt entstanden, sie wird sich glätten und verschwinden, so, wie manchmal rote oder blaue Male in den Säuglingsgesichtern nach einigen Tagen verblassen.« Die Hebamme irrte sich. Die Falte glättete sich nicht, sondern blieb ein charakteristisches Merkmal des Mädchens. Unterhalb der Augen strahlte das Gesichtchen Zufriedenheit, Zuversicht und Sanftmut aus, auf der Stirn jedoch standen Zorn, Trägheit und Argwohn geschrieben. Die Macht des Lichtes und die Macht der Finsternis hatten das Antlitz gezeichnet.

Bevor sie geboren wird, durchquert jede Seele das Reich des Lichts und das Reich der Finsternis, und jede Macht gibt ihr ihren Anteil. Ist der Anteil des Lichts größer, so wird es eine leuchtende, zufriedene und glückliche Seele, die die Größe und Herrlichkeit der Schöpfung wahrnehmen und genießen kann, überwiegt der Anteil der Finsternis, wird es eine griesgrämige, dunkle und leidvolle Seele, die nur die Unausgewogenheit und Ungerechtigkeit dieser Welt sieht. Wenn es geschieht, daß beide Anteile annähernd gleich groß sind, dann sind die Menschen an einem Tag glücklich, am nächsten unglücklich, ohne daß sie sich ihre Stimmungen erklären können. Bei dem neugeborenen Mädchen hielten sich die Mächte genau die Waage. Der Anteil des Lichts war ebenso groß wie der der Finsternis, und deswegen war sein Gesicht weder schön noch häßlich, genau wie seine Seele.

Die Eltern gaben dem Kind den Namen Simcha. Simcha heißt Freude, denn ihre Freude war groß, als ihnen nach vielen Ehejahren und einer Fehlgeburt endlich ein gesundes Mädchen geboren wurde. »Möge sich Simcha ein ganzes Leben lang freuen«, sagte der Vater zur Mutter, als er das erste Mal sein Kind auf dem Arm hielt.

Simcha war ein zierliches Mädchen mit einer blassen, sommersprossigen Haut. Da sie das einzige Kind ihrer Eltern blieb, wurde sie verwöhnt und verzärtelt, jeden Wunsch wollten ihr Vater und Mutter von den Augen ablesen. Nur hatte Simcha keine Wünsche. Die meiste Zeit saß sie

Dudu Barn
1913

am Fenster und sah nach draußen. Aber sie beobachtete nicht interessiert die Vögel und Bäume, sie blickte ins Leere. »Ich glaube«, sagte einmal die Mutter zum Vater, »Simcha schaut stets auf die Straße, damit sie uns nicht sehen muß«. Sie verstand ihr Kind nicht, dem sie die Welt hätte zu Füßen legen wollen, das aber nichts begehrte, sondern stets mit dem abgewandten Kopf ins Freie starrte. Aber Simchas Blick richtete sich nicht nach außen, sondern nach innen. Sie schaute in ihr Inneres und fragte sich, warum sie sich nicht freute und nie traurig war. Sie beobachtete die Freude bei anderen Kindern, wie sie sangen, sprangen und tanzten, wie sie aufgeregt waren, wenn sie einen Käfer oder einen Schmetterling gefangen hatten, wie sie sich um winzige Kleinigkeiten stritten, aufeinander losgingen und vor Wut und Schmerz heulten. Nur sie freute sich nicht und weinte nicht. Einige Male hatte sie auf Drängen der Mutter mit den Nachbarskindern gespielt, aber sie fand daran keinen Gefallen, im Gegenteil, die Spiele und die Kinder langweilten sie. Und so erkannte Simcha schon früh, daß ihr etwas fehlte. »Mama«, fragte sie einmal, »warum freuen sich die anderen Kinder, ich aber nicht, warum sind andere traurig, ich aber nicht, warum lachen und weinen sie beim Spielen, und ich empfinde nichts?« Verwirrt schaute die Mutter ihre kleine Tochter an und wußte darauf keine Antwort. Am Abend erzählte sie besorgt ihrem

Mann von dem Gespräch, aber der Vater beruhigte sie und meinte: »Wenn das Kind größer ist, wird es sich schon freuen, genau wie die anderen. Wenn Kinder erwachsen werden, wissen sie, was sie wollen. Jeder Mensch findet seinen Weg.«

Simcha heiratete einen Vetter zweiten Grades. Beide kamen sie aus vermögenden Häusern, und diese Ehe entsprach dem Wunsch der Familien. Sie stand tief verschleiert unter dem Traubaldachin, der Vorsänger sang die heiligen Gebete, die Eltern weinten vor Rührung, nur Simcha hatte das Gefühl, sie nähme an einem Theaterstück teil, in dem eine der Hauptrollen ihr zugedacht war. Josua, ihr Bräutigam, war ein gutaussehender Mann, ernst und feierlich stand er neben ihr. Er streifte ihr den schweren, goldenen Ring über den Zeigefinger, und jeder spürte, daß dies ein erhabener und heiliger Augenblick für ihn war, während sie nur die Lächerlichkeit der Zeremonie empfand. Simcha hatte mit ihm viele Male vor der Hochzeit geschlafen, im Wald, auf einer Wiese und sogar in ihrem eigenen Zimmer. Er wollte es so, und sie hatte ihn nicht abgewehrt. Sie waren ohnehin verlobt, und die Hochzeit war nur noch eine Frage der Zeit. Als er sie zum erstenmal auszog, war sie weder aufgeregt, noch schämte sie sich. Mit ihren Gedanken stand sie abseits und sah zu, wie er sie umarmte und den weißen, schmalen Körper streichelte. Sie verstand weder seine Aufregung noch seine Angst.

Hinterher entdeckte er die paar Blutflecken auf dem Laken, küßte sie zärtlich auf den Rücken und sagte: »Ich liebe dich, meine kleine Frau«, doch sie dachte nur daran, daß sie das Laken auswaschen mußte, bevor es ihrer Mutter in die Hände fiel.

Josua hob den Schleier hoch und führte den Becher mit dem dunklen Wein an ihren Mund. Seine Hand zitterte, und ein paar Tropfen befleckten das weiße Hochzeitskleid. Simcha lächelte kühl. Die Hochzeit wollte kein Ende nehmen, und die Eltern mit ihren vielsagenden Blicken gingen ihr auf die Nerven. Und als sie spät in der Nacht das weiße Spitzenkleid mit dem weißen Seidennachthemd vertauschte, legte sie sich übelgelaunt ins Bett und wehrte Josua mit den Worten ab: »Laß mich in Ruhe, ich bin müde.«

Simcha lebte in beneidenswerten Verhältnissen. Ihr Mann Josua war nicht nur gutaussehend und vermögend, er war auch fürsorglich und zärtlich und liebte sie von ganzem Herzen. Jeden Morgen frühstückten sie zusammen, und er nahm sich Zeit für seine junge Frau. Er erzählte ihr von seinen Gedanken und Träumen, und bevor er aufbrach, umarmte und küßte er sie. Simcha räumte das Frühstücksgeschirr fort und sorgte oberflächlich für Ordnung, die groben Arbeiten überließ sie einer Hausangestellten. Weil Josua jeden Mittag vom Geschäft nach Hause kam, kochte sie für ihn. Sie hatte sich eine Reihe Kochbücher gekauft

88

und probierte alle möglichen Gerichte aus. Josua genoß ihre Küche. »Simcha«, pflegte er zu sagen, »Kochen ist eine Kunst, und du bist eine Künstlerin.« Er war ein guter Unterhalter, und beim Mittagessen erzählte er, was ihm in seiner Spirituosenhandlung widerfuhr, welche Waren geliefert wurden und mit welchen Kunden er Schwierigkeiten hatte. Das Geschäft hatte er vom Vater übernommen und war nun dabei, es auszubauen und die Absatzmöglichkeiten zu vergrößern. Er war ein erfolgreicher Geschäftsmann, und indem er Simcha in alles einweihte, ließ er sie an seinem Leben und Erfolg teilnehmen. Sie hörte still zu, und Josua schätzte ihre Art des Zuhörens. Er ahnte nicht, daß sie gar nicht wahrnahm, was er erzählte. Nachmittags, wenn er wieder im Geschäft war, ging Simcha spazieren oder ins Café, suchte in den Modehäusern nach neuen Kleidern oder lud ihre Freundinnen zum Tee ein. Aber wenn sie allein in dem weitläufigen Salon mit den antiken Möbeln saß und sich nicht von Kleidern und Klatsch ablenken ließ, spürte sie wieder diese Öde und Leere ganz deutlich in ihrer Seele. »Was fehlt mir denn«, fragte sie sich, »woran leide ich? Habe ich nicht einen guten Mann, eine schöne Wohnung, Geld? Ich bin hübsch und gesund, was fehlt mir?« Und wenn sie dann in den Spiegel sah, kam es ihr vor, als sei die Furche über den Augen ein Wurm, der an ihrer Seele nagte, sie durchlöcherte und zerfraß.

89

Simcha wußte sich nicht mehr zu helfen und suchte einen Arzt auf. »Unzufriedenheit ist keine Krankheit, dafür gibt es keine Medizin«, dachte sie, und deshalb erzählte sie dem Arzt von Schmerzen in den Schultern. Er untersuchte sie, schickte sie zum Röntgen, aber man konnte nichts feststellen. Er wußte nicht, daß dieses wunsch- und freudlose Leben auf ihren Schultern lastete wie ein tonnenschweres Gewicht, das sie schier erdrückte. »Sie sind eine junge Frau und sollten Kinder haben«, riet ihr der Arzt. »Kinder sind eine gute Medizin. Kinderlachen hilft über viele Krankheiten hinweg.«

»Der Arzt hat recht«, dachte Simcha, »mir fehlt ein Kind. Das Kind wird mir den Sinn und die Erfüllung im Leben geben, die mir bisher versagt geblieben sind.« Sie erzählte Josua von ihrem Arztbesuch, aber er wollte noch keine Kinder. »Wir sind erst ein Jahr verheiratet«, wandte er ein, »laß uns noch warten.« Er fürchtete, wenn erst ein Kind da war, würde Simcha ihre Zuwendung dem Kind schenken und sich nicht mehr um ihn kümmern. Und so brachte er allerlei Argumente gegen eine Schwangerschaft vor. Das Geschäft mußte erweitert werden, außerdem hätten sie für den nächsten Sommer eine weite Reise geplant, und die müßte verschoben, wenn nicht ganz abgesetzt werden, wenn ein Säugling im Hause wäre. »Wir sind beide noch jung, und auf ein oder zwei Jahre kommt es nicht an. Laß uns später Kinder haben«, bat er.

90

Simcha wollte nicht nachgeben. Sie hatte sich das Kind in den Kopf gesetzt, und je mehr Josua an Argumenten dagegen vorbrachte, desto sehnlicher wurde ihr Wunsch. Es war das erste Mal in ihrem Leben, daß sie sich etwas wünschte, etwas begehrte und sich nach etwas sehnte. Sie gelangte zu der Überzeugung, nur ein Kind könne sie über die innere Verlassenheit hinwegretten, das Kind würde das Vakuum ausfüllen und ihr die Freude und das Glück bescheren, die ihr nie zuteil geworden waren. In ihren Tagträumen sah sie das Kind lächeln und spielen, sie drückte es an ihre Brust, küßte und herzte es. Das Kind begann ihr Denken und Fühlen zu beherrschen, sie sehnte sich nach ihm wie ein Frierender nach einer warmen Decke.

Simcha wurde schwanger, und Übelkeit begleitete sie vom ersten Tag der Schwangerschaft an. Sie würgte ihr Essen wieder heraus, es war, als wollte sie die Gedärme ausspeien, so schlecht war ihr. Das Kind nahm vom ersten Moment in rücksichtsloser und unangenehmer Weise von ihrem Körper Besitz. Die Brust schwoll an und schmerzte bei jeder Berührung, die Beine quollen vom Wasser auf, und Krampfadern traten aus den Waden, ihre Haut wurde blaß und fahl, und der Bauch wuchs mit einer Geschwindigkeit, als wäre kein Säugling, sondern ein kleines Ungeheuer in ihm verborgen. Simcha konnte weder gehen noch stehen, noch liegen, sie wurde sich selbst dermaßen zuwider, daß sie sich am liebsten von diesem unförmigen Leib befreit hätte. Die Vorfreude war der Übelkeit gewichen, die Erwartung dem Ekel, und nur das Wissen, daß dieser Zustand von begrenzter Dauer war, hielt sie davon ab, Hand an sich zu legen. Nach achtundvierzig qualvollen Stunden, in denen ihr die Wehen fast die Sinne raubten, gebar sie zwei Mädchen.

Als Simcha nach der Geburt zu sich kam, sah sie hilflos auf die beiden schreienden Bündel. Wo war das freudige Gefühl, das sie in ihren Träumen hatte, wo blieb das Glück, von dem sie überzeugt gewesen war, daß es sich mit dem Kind einstellen müßte? Teilnahmslos blickte sie auf die roten, geschwollenen Gesichtchen. Josua kam ans Wochenbett, brachte einen riesigen Strauß roter und gelber Rosen mit, küßte Simcha, gratulierte ihr und konnte sich am Anblick der Kinder nicht satt sehen. »Welch hübsche Näschen und entzückende Köpfchen sie haben«, lächelte er, »diese Füßchen und was für winzige Händchen«, und behutsam berührte er die Fingerchen seiner Kinder mit dem Mund. Er war vor Freude außer sich und wollte sich nicht von den Wiegen wegrühren. »Du hast mir zwei Püppchen geboren«, strahlte er und tätschelte Simchas Wange. Simcha lehnte sich in die Kissen zurück. »Vielleicht kommt die Freude auch zu mir, wenn ich mich von der Geburt ausgeruht habe und nicht mehr

92

so erschöpft bin«, hoffte sie. Aber die Freude wollte sich bei ihr nicht einstellen. Die Kinder saugten so gierig an ihren Brüsten, als wollten sie ihr das Blut abzapfen, und kaum hatte sie eines gewickelt und gefüttert, mußte sie das andere anlegen, schlief das eine, dann weinte das andere. Simcha kam nicht zur Ruhe. Die langweilige Öde in ihrem Leben war einer öden Hektik gewichen.

Josuas Glück hingegen war vollkommen. So sehr er sich anfangs gegen ein Kind gesträubt hatte, so sehr hing er nun an seinen beiden Mädchen. Er genoß jeden Augenblick mit ihnen und badete in der Liebe zu den Kindern wie in einem warmen Meer. Während er früher das Mittagessen ausgedehnt hatte, um Simcha von allerlei Erlebnissen im Geschäft zu berichten, verkürzte er nun die Mahlzeiten, um hinterher mit den Mädchen zu spielen. Erzählte er Simcha früher von seinen Träumen und Gedanken, so vergaß er das nun und plapperte nach Kinderart mit den Säuglingen, und das Jauchzen der Kleinen bedeutete ihm bald mehr als das stille Zuhören seiner Frau. Josua merkte nicht, daß er Simcha vernachlässigte. Ganz im Gegenteil, er war überzeugt, daß sie an den Kindern die gleiche Freude hatte und seine Gefühle und Empfindungen mit ihm teilte. Die Kinder antworteten ihm wie einem Spiegelbild. Auf sein Lächeln hin lachten sie, auf seine gurgelnden Töne hin quietschten sie und konnten es kaum erwarten, auf seinem Schoß zu sitzen, an seinen Haaren zu zerren und ihn zu umarmen. Sobald er ins Kinderzimmer kam, streckten sie ihm die Händchen entgegen und wollten mit ihm schmusen.

Josua merkte nicht, daß die Furche auf Simchas Stirn tiefer und sie täglich stiller wurde. Sie konnte ihrer inneren Wüste nicht entfliehen, und jede Stunde war für sie wie ein Vorwärtsgehen in einer ereignislosen Landschaft ohne Ziel und Ende. Eines Tages vertraute sie sich einer Freundin an und erzählte ihr von der Unzufriedenheit und dem Leiden an sich selbst. »Du solltest dir eine Tätigkeit suchen, die dich ausfüllt«, riet die Freundin. Die Idee gefiel Simcha, nur wußte sie nicht, welcher Arbeit sie nachgehen sollte. Sie hatte keinen Beruf erlernt, und hilflos sah sie die Freundin an. »Ich weiß auch nicht«, sagte die andere, »aber du könntest in den Zeitungsannoncen nachsehen, vielleicht findest du etwas Passendes.« Simcha studierte wochenlang die Stellenangebote, ohne daß ihr eine Stelle zusagte, und sie bezweifelte, daß sie jemals eine Arbeit finden würde. An einem Vormittag rief ihre Freundin an. »Eine Kusine von mir besitzt einen kleinen Hutsalon«, berichtete sie, »und sucht eine Verkäuferin. Die Hüte stellt sie selber her, und weil sich der Kundinnenkreis vergrößert hat, will sie ihr kleines Atelier erweitern. Sie sagte mir, daß sie eine Hilfe braucht, die mit modischen Accessoires und eleganten Frauen umgehen kann, und

94

da fiel mir ein, daß du eine Arbeit suchst. Stell dich einfach einmal vor«, riet sie, »vielleicht ist das eine passende Beschäftigung für dich.« Simcha dankte ihr und ging in der folgenden Woche zu der Putzmacherin. Die Frauen waren einander sympathisch und kamen überein, daß Simcha zum Ersten des nächsten Monats in diesem Hutsalon anfangen sollte.

Als Josua das hörte, war er entsetzt. Simcha als Verkäuferin, das kam für ihn überhaupt nicht in Frage. Wer würde sich um die Kinder und den Haushalt kümmern, wer die Familie umsorgen, und außerdem würde sie dem Ansehen der Familie schaden. Die Bekannten würden sich die Mäuler darüber zerreißen, und es wäre sogar möglich, daß seine Kreditwürdigkeit darunter litt. Er schrie, tobte, redete, schmeichelte, es half nichts. Simcha wollte ihre Idee nicht fallenlassen, sie wollte Hüte verkaufen, jeden Tag neue Menschen kennenlernen und ihrem Leben endlich einen Sinn geben. Letzten Endes gab Josua nach. Sie stellten ein Kindermädchen ein, und Simcha bekam ihren Willen.

Simcha war eine nette und freundliche Verkäuferin. Aber so, wie sie zu niemanden und zu nichts in ihrem Leben eine Leidenschaft entwickelt hatte, konnte sie es auch zu den Hüten nicht. Die Kundinnen liebten ihre stille und zurückhaltende Art, und wenn Simcha ihnen einen Hut aufsetzte und die Locken ein wenig zurechtrückte, sich in den Hintergrund stellte und die Kundin ansah, dann glaubten die Frauen, sie stünde in stiller Bewunderung. So wollten sie angesehen werden und solche Blicke auf sich ziehen. Sie merkten nicht, daß Simcha sie gar nicht ansah, sondern in sich selbst hineinhörte. »Wie belanglos sind doch diese Gespräche um Stoffe, Bänder und Bordüren«, dachte sie. Im Atelier der Putzmacherin fand sie keine Befriedigung. Die Schleifchen und Bändchen, die Applikationen und Rüschen, die Stickereien und Broschen waren ihr gleichgültig, und nach einigen Monaten kündigte sie zum Leidwesen ihrer Arbeitgeberin.

Sie erzählte Josua nichts von der Kündigung, sondern ging jeden Morgen wie gewohnt aus dem Haus und durchstreifte die Gassen und Straßen auf der Suche nach etwas, von dem sie nicht wußte, was es war. Es gab einen großen Park in der Stadt, und ein kleiner Hain schirmte die Spaziergänger dort von der Sonne ab. Dieses Wäldchen entdeckte Simcha und ging jeden Morgen dorthin, um im Schatten mit den Bäumen allein zu sein, legte sich ins weiche Gras, zog die Schuhe aus und ließ den Wind um ihre Beine spielen.

Eines Tages kam ein junger Wanderer vorbei und wünschte ihr einen guten Morgen. Überrascht blickte sie auf, denn um diese Tageszeit war das Wäldchen sonst menschenleer. Er fragte, ob er sich zu ihr setzen dürfe, er wolle gerade rasten und frühstücken. Sie nickte, und er ließ sich ne-

96

ben ihr nieder. Aus seinem Rucksack holte er frisches Brot, Fleischwurst und eine Flasche Wasser hervor und lud sie zu der Mahlzeit ein. Zunächst wollte Simcha nicht mitessen, aber weil er sie drängte, nahm sie ein Stück Brot, und es schmeckte ihr besser als die ausgesuchten Mahlzeiten mit Josua. Der junge Mann hatte viele Länder und Städte gesehen und erzählte ihr von den türkischen Bädern, von Treppen, die im Himalajagebirge eingehauen sind, von den Sadus am Ganges, die sich in Asche wälzen und zeitlos meditieren. »Die Strände und Wälder sind meine Herberge, ich bin frei und ungezwungen wie ein Vogel«, erklärte er Simcha. »Aber ich bin kein Vogel«, antwortete sie, als sie sich erhob. Er fragte, ob sie häufig in das Wäldchen komme. »Ja«, sagte sie, »jeden Tag.« Am nächsten Morgen fand auch er sich wieder an derselben Stelle ein. Er erzählte von seinem Elternhaus und seiner Kindheit, und beim Abschied umarmte er sie.

Simcha war aufgeregt, und den ganzen Tag dachte sie an den jungen Mann. Sie wußte, daß sie morgen, übermorgen, nächste Woche die Ehe brechen würde, und in der nächtlichen Umarmung mit Josua kam sie sich schäbig und verlogen vor. Natürlich konnte sie den Schritt noch vermeiden und nicht mehr in das Wäldchen gehen. Nichts würde geschehen und das Leben seinen ereignislosen Trott fortsetzen. Diese Gewißheit ließ sie beinahe noch unruhiger werden.

Am nächsten Tag ging sie trotz eines leichten Nieselregens in den Park. Die Bäume waren in einen grauen Schleier eingehüllt, und die Tropfen perlten über ihre Wangen und Nase. Mit jedem Schritt vorwärts wollte sie wieder einen Schritt rückwärts gehen. Sie rechtfertigte ihr Tun mit dem Gedanken, daß der junge Mann bei diesem schlechten Wetter sicher ohnehin nicht zu der verabredeten Stelle kommen würde. Das Wasser drang in ihre Halbschuhe, und ihre Hand, die den Regenschirm hielt, fror.

Zwischen den Bäumen sah sie ihn. Er hatte die Kapuze seiner Windjacke tief in die Stirn gezogen und wartete. Als er sie ebenfalls bemerkte, lief er auf sie zu, nahm ihr den Schirm ab, umarmte und küßte sie. »Komm«, sagte er, «nicht weit von hier steht eine kleine Holzhütte, dort können wir wenigstens in aller Ruhe den Regen abwarten.«

Die Hütte war feucht und kühl, seine Hände waren heiß und ungeduldig, und er hinterließ in ihr dieses bekannte, nichtssagende Gefühl.

Noch immer wandert Simcha in einer seelischen Wüste und weiß nicht, daß mit ihr Tausende und Abertausende von Seelen in der Einöde wandern. Sie gehen Schritt für Schritt vorwärts, ohne Ziel und ohne Ende. Das Leben und die Jahre verstreichen, ohne daß sie vorankommen. Keine dieser Seelen trifft eine andere. Sie sind dazu verurteilt, einsam zu bleiben und sich endlos im Kreis zu drehen.

98

Josua ist gestorben, die Töchter sind weggezogen, und Simcha sitzt in dem großen Salon. Ihre einzige Hoffnung ist, daß der Tod ihr die ersehnte Freude und Spannung bringen wird. Aber sie fürchtet, daß auch er nur farblos und schal ist wie alles in ihrem Leben.

Reibekuchen für Chanukka

Sure Basche sitzt am großen Küchentisch, das Messer in der Hand, und vor ihr liegt, auf einer alten Zeitung, ein Beutel Kartoffeln. Sie arbeitet schnell, und die dünnen Schalen ringeln sich wie braune, schmutzige Luftschlangen über dem Zeitungspapier, bevor sie von der glatten Kartoffel gleiten. Sure Basche hat Übung darin, jede Kartoffel in einem Zug zu schälen. Sie schaut auf ihre mit Altersflecken übersäten Hände. Seit zweiundvierzig Jahren ist sie mit Josef verheiratet. Sie haben gemeinsam vier Kinder großgezogen, haben sieben Enkel, das achte ist unterwegs. Sure Basche ist mit dem Leben zufrieden. Die Kinder und Enkelkinder sind gut geraten, zu den Feiertagen kommen sie die Großeltern besuchen, und für jeden einzelnen hat Sure Basche eine Kleinigkeit bereit. Wenn alle zu Pessach am gedeckten Tisch sitzen und Josef aus der Hagada vorliest, dann sieht Sure Basche auf ihr Lebenswerk. Die Wohnung ist mit Lachen und Schreien angefüllt, mit Singen und Geschnatter, und die Freude wohnt in jedem Winkel. Sonst ist es still

im Haus. Schade, daß die Kinder nicht in der Nähe wohnen, dann hätte sie wenigstens die Enkelkinder um sich und säße nicht die meiste Zeit allein in der Küche.

Sure Basche hat die Kartoffeln geschält und wirft die Schalen in den Abfalleimer. Sie dreht den Wasserhahn auf, und das kalte Wasser läuft über ihre roten, abgearbeiteten Hände, die sorgfältig jede Kartoffel waschen. Sie denkt daran, daß sie früher den ganzen Tag beschäftigt war. Kochen, putzen, bügeln, backen, rund um die Uhr hatte sie zu tun. Abends war sie so müde, daß sie froh war, wenn sie ihren Tee trinken und anschließend ins Bett gehen konnte. Die Augen fielen ihr ganz von allein zu. »Nachdem Abraham, der Jüngste, geboren war, hat mich Josef kaum mehr angerührt«, geht es Sure Basche durch den Sinn. Aber damals hatte sie keine Zeit für solche Überlegungen, und jetzt, wo alle aus dem Haus sind, ist sie zu alt, und solch dumme Gedanken haben keinen Platz mehr in ihrem Kopf. Früher hat sie die Kinder stets geküßt und geherzt, jetzt schmust sie mit den Enkelkindern. Nur sieht sie die Enkelchen so selten. Sie fällt auch abends nicht mehr todmüde ins Bett und wäre froh, wenn Josef ein wenig mehr mit ihr reden würde. Sie versucht immer, ihn zum Sprechen zu bringen, aber seine Antworten sind eintönig und brummig. Lieber schaut er in ein Buch und läßt sie mit ihren Gedanken allein. Sure Basche gibt ja zu, daß ihre

Gespräche nicht interessant und aufregend sind. Sie ist nicht belesen, sie hat überhaupt nie Zeit gehabt, sich mit anderen Dingen als dem Haushalt zu beschäftigen. Wann hätte sie sich mit Büchern befassen sollen? Mit zwanzig hat sie geheiratet. Innerhalb von sechs Jahren waren die Kinder da. Raphael lief noch in den Windeln herum, da lag Pnina schon in der Wiege. Nach Pnina kam Schmarjahu und zuletzt Abraham. Eigentlich war Sure Basche froh, daß ihr Mann Josef sie nach der Geburt von Abraham in Ruhe gelassen hatte. Die Nächte waren kurz, morgens mußte sie früh aufstehen, und sobald sie abends ins Bett stieg, wickelte sie sich in ihre Decke und schlief fest und traumlos. Es reichte ihr, Josefs Schnarchen neben sich zu hören. Sure Basche lächelt. Er schnarchte vom ersten Tag ihrer Hochzeit an, er hat eben einen lauten Schlaf. Aber das störte sie nie, im Gegenteil, seine gleichmäßigen Atemzüge, die sich anhören, als würde er die Luft im Rachen für einen Moment anhalten, um sie dann geräuschvoll auszupusten, beruhigen sie auch heute noch. In der Winterzeit, wenn die Stürme über die Stadt hinwegfegen und die Winde mit den Fensterläden klappern, wetteifert Josefs Atem mit dem Geschnaube des Sturms. Dann wickelt sich Sure Basche noch fester in ihre Daunendecke und fühlt sich wohlig warm. »Furchtbar«, denkt sie, »wenn ein Mensch bei diesem Wetter kein warmes Bett hat.« Einmal, erinnert

103

sie sich, wachte sie in der Nacht vom Rütteln der Fensterläden auf. Sie erhob sich und sah nach den Kindern. Alle schliefen sie fest und tief in ihren Kissen. Sure Basche ging ins Bett zurück, schaute auf Josef, schloß die Augen und wollte wieder einschlafen. Aber in dieser Nacht floh der Schlaf, und ein anderes Gefühl bemächtigte sich ihrer. Sie wünschte, Josef würde aufwachen, sie fest umarmen und fest an sich drücken, wie in den ersten Jahren ihrer Ehe. »Ist es normal«, dachte Sure Basche damals, »daß er mich nicht anrührt, ist das bei allen Eheleuten so?« Sie beugte sich zu ihm und legte ihre Hand auf seine Wange, aber er schüttelte im Schlaf den Kopf, als wollte er eine Fliege vertreiben, und Sure Basche zog verstört ihre Hand zurück. »Welch dumme Gedanken habe ich«, dachte sie damals, »ich sollte jetzt schlafen, denn morgen muß ich früh aufstehen.«

Sure Basche öffnet die linke Schublade des Küchenschranks und holt das Reibeisen hervor. Vom oberen Hängeschrank nimmt sie die große Porzellanschüssel herunter, stellt das Reibeisen hinein und beginnt die Kartoffeln zu reiben. Sure Basche hadert nicht mit dem Leben. Die kleine Wohnung ist jetzt immer reinlich aufgeräumt. Als die Kinder noch im Haus waren, lagen stets Wäschestücke herum, das Geschirr türmte sich, kaum hatte sie abgewaschen, standen neue Teller und Tassen im Spülstein, die Spielsachen waren verstreut, und sie lebte damals in einem ständigen Kampf mit dem Durcheinander. Kein Wunder, wie sollte sie in zwei Zimmern, in denen sechs Menschen wohnten, Ordnung halten? Heute hat sie ein Schlafzimmer, ein Wohnzimmer und eine Küche, so, wie die anderen, damals war jedes Zimmer eine Schlafstätte. Zuerst schliefen Pnina und Abraham mit im großen Ehebett, als sie älter wurden, stellte Sure Basche für die Tochter ein Bett neben ihres, und Abraham schlief fortan in der Küche. Die Küche war ein wahrer Segen. In dieser Küche wurde gekocht, gegessen, gespielt, Hausaufgaben gemacht, gesungen, gebastelt, diese Küche war das Herz der Wohnung. Es ist eine Küche, wie man sie in alten Häusern noch manchmal findet. In ihr hat der große Küchentisch Platz, und in der linken Ecke vom Eingang her steht das wuchtige Plüschsofa. Es müßte eigentlich neu gepolstert und bezogen werden, der Stoff ist fleckig und abgeschabt, und mit den Jahren hat es eine Delle in der Mitte bekommen. Aber Sure Basche kann sich dazu nicht entschließen. Sie hat sich so sehr an den weinroten Plüsch gewöhnt, jeder Fleck ist ihr vertraut. Auf der linken Armlehne hat Pnina einmal heißen Kakao ausgeschüttet, und daneben hat Schmarjahu mit grüner Ölfarbe den Stoff verkleckst. Seitdem liegt eine geblümte Decke über dem Sofa. Der Pinsel mit der Ölfarbe stand auf dem alten Geschirrschrank. Wehmütig erinnert sich Sure Basche an ihn. Ein wenig monströs war er ja, mit seinen bauchigen Türen. In den oberen Schranktüren waren Glasscheiben eingesetzt. Die rechte Scheibe hatte einen Sprung, und wenn Sure Basche die Teller aus dem Schrank holte, sah sie ihr gespaltenes Gesicht im Glas. Aber wann hatte sie Zeit, sich im Glas zu spiegeln? Alle paar Jahre wurde der Schrank neu gestrichen, und das war Aufregung für eine ganze Woche. Die Kinder durften die nasse Farbe nicht berühren, und die Küche stank nach Terpentin und Lack. Die untere mittlere Tür des Geschirrschranks klemmte. »Trotzdem«, überlegt Sure Basche, »war es ein guter Schrank.«

Vor nun schon zwei Jahren haben ihr die Kinder als Geburtstagsüberraschung eine Einbauküche gekauft, den alten Schrank haben zwei Männer auseinandergenommen und herausgetragen. Wahrscheinlich haben sie ihn zu Kleinholz zerhackt. Es war ja wirklich ein wertloses, altes Möbelstück. Sure Basche hat gelächelt, als man den Schrank die Stufen hinuntertrug. Sie wollte den Kindern die Freude nicht verderben, und diese neuen Hängeschränke glänzen und sind leicht sauberzuhalten. Es geht viel hinein. Nur, was braucht sie heute soviel Geschirr und Lebensmittel, wie man dort unterbringen kann? Für sie und Josef hätte der alte Küchenschrank zehnmal ausgereicht. »Was denke ich soviel an den Schrank? Es gibt wichtigere Dinge im Leben«, ermahnt sie sich.

106

Sure Basche hat die letzte Kartoffel gerieben und stellt das Reibeisen in den Spülstein. Mit Hilfe einer weißen Mullwindel preßt sie die Kartoffelmasse aus, fügt Eier, Mehl und Salz dazu und verrührt den rohen Kartoffelbrei. »Hat Josef schon immer so wenig mit mir gesprochen?« denkt sie dabei. Sie weiß es gar nicht. Früher hat sie nie daran gedacht, es gab genug zu reden und zu schreien. Vier Kinder sind keine Kleinigkeit, und jedes hat seinen eigenen Charakter. Raphael, der Älteste, war ein verspieltes Kind und ein schlechter Schüler. Jeden Tag saß er stundenlang mit seinen Hausaufgaben in der Küche und wurde einfach nicht fertig. Bis dieses Kind lesen konnte. »Raphael, das ist ein m, und das ist ein a, zusammen liest man das ma. Wie heißt das?« Und gehorsam antwortete Raphael ma, aber schon nach einer Minute hatte er vergessen, wie man die Buchstaben liest, und er las mo oder mu oder ba. Manchmal hatte er sie so aufgeregt, daß sie ihm einen Schlag auf den Kopf gab. »Wieso verstehst du nicht, was man dir erklärt, du verstopfter Kopf?« schrie sie ihn an, und wenn er zu weinen anfing, nahm sie ihn auf den Schoß und küßte die Tränen fort. »Weine nicht, weine nicht«, tröstete sie ihn, »du wirst noch lesen lernen.« Pnina hingegen hatte ein helles Köpfchen, und die Aufgaben gingen ihr leicht von der Hand. Nur ihre Krankheiten raubten Sure Basche die Nächte. Kaum war es Winter und der Regen setzte ein, bekam Pnina Angina, und nach der Halsentzündung war jedesmal eine andere Kinderkrankheit dran. Einmal Masern, einmal Windpocken, einmal Scharlach, einmal Keuchhusten. Den ganzen Winter über lief Pnina mit einer Rotznase herum. Sure Basche konnte ihr die Nase sooft putzen, wie sie wollte, stets schaute ein grünlichgelber Schleimtropfen aus dem Nasenloch hervor und gab dem Kind ein verschnupftes und schmuddeliges Aussehen.

Sure Basche zündet die Gasflamme an und stellt die schwere, eiserne Pfanne auf den Herd. Sie gießt Öl hinein und wartet, bis es heiß wird. Es ist nicht leicht, Söhne zu haben, und wenn sie sich an Schmarjahu erinnert, zieht sich ihr das Herz zusammen. Er war ein stilles und zurückhaltendes Kind, es war, als würde er im Schatten seiner beiden älteren Geschwister aufwachsen. Sie kann sich kaum erinnern, wie Schmarjahu ausgesehen hatte. Er hat nie Probleme gemacht, war weder weinerlich noch kränklich, er war auch nicht wild wie Abraham. Er war da, und es war, als wäre er nicht da. Schmarjahu beendete die Schule ohne Schwierigkeiten, lernte zwei Jahre in einer Schreinerei, und mit achtzehn wurde er, wie alle Jungen seines Alters, eingezogen. Er sah so erwachsen in seiner Uniform aus, aber das Gesicht hatte noch kindliche Züge. So still wie Schmarjahu gelebt hatte, so still war er gestorben. Es war am Suezkanal während des Sechstagekrieges.

108

Eine Kugel durchschlug seine Schläfe, und er war auf der Stelle tot. Ihr stiller Schmarjahu, was wußte sie von ihm? Bei dem Begräbnis sprach ein Offizier über den Helden Schmarjahu, über seine Tapferkeit, seinen Mut, und Sure Basche kam es vor, als würde man über einen Fremden reden. Vielleicht war er wirklich ein Held? Sie wußte es nicht. Er war ein gutes Kind gewesen, und so jung hat man ihn in die Erde gelegt. Seit Schmarjahus Tod ist Josef noch eingekehrter und schweigsamer geworden. Sechs Jahre später war wieder Krieg, und Raphael und Abraham wurden eingezogen. Josef verbrachte die Tage mit Beten, und Sure Basche ging ruhelos in der Wohnung auf und ab. »Herr, laß uns die zwei Söhne«, bat sie, »laß uns die Söhne.« Raphael überstand den Krieg heil, Abraham wurde verwundet. Er trat auf eine Mine, und beide Füße wurden ihm abgerissen. Sure Basche dankte Gott, daß er ihn am Leben gelassen hatte, und tagelang saß sie im Krankenhaus am Bett von Abraham und versuchte ihn zu trösten. Aber ihr kleiner Abraham, ihr Jüngster, ihr wilder, ihr widerspenstiger Sohn, wollte sich nicht trösten lassen. Ohne Beine könne er nicht leben, jammerte er, ein Krüppel wolle er nicht sein. Kein Baum war ihm zu hoch gewesen, keine Mauer zu schwierig, kein Weg zu weit. Er lief, sprang, hüpfte und zerriß jede Hose. Sie konnte schimpfen und zetern, soviel sie wollte, es half nichts. Sure Basche erbleicht. Es fällt ihr ein, wie Abraham als Sechsjähriger mit dem Vater und den älteren Brüdern in die Synagoge ging und anstatt zu beten mit den Kindern im Vorhof herumtollte. Es war Sukkot, und Sure Basche hatte ihm zu den Feiertagen eine neue, karierte Hose aus festem Wollstoff gekauft. Sie war teuer gewesen, und Sure Basche hatte lange mit sich gerungen. Sie kannte ihren wilden Abraham und hatte nicht beabsichtigt, viel Geld für Feiertagskleidung auszugeben. Der Verkäufer redete ihr gut zu, und der Kleine sah wirklich niedlich in der Hose aus. Sure Basche rang sich durch, legte das Geld auf den Tisch, und am Morgen von Sukkot zog sie Abraham die neue Hose an, dazu ein weißes Hemd, und sie bleute ihm ein, sich in der Synagoge ruhig zu verhalten und auf die Kleider achtzugeben. Aber es kam so, wie es kommen mußte. Im Vorhof der Synagoge stand ein ausgetrockneter Brunnen, und vom Brunnenrand hüpften die Jungen um die Wette. Abraham sprang am weitesten, fiel über einen Stein, schlug sich das Knie auf, zerriß die Hose, beschmutzte das weiße Hemd, und als Sure Basche ihn so aus der Synagoge kommen sah, begann sie zu schimpfen und zu fluchen: »Deine Beine sollen dir abfallen, was für ein schreckliches Kind du bist. Keine Minute kannst du stillstehen, alles zerreißt du, jede Hose zerfetzt du, und ich kann dann sehen, wie ich die Sachen flicke.« Sure Basche erinnert sich deutlich, daß sie ihm gewünscht hatte, die Beine

110

mögen ihm abfallen. Wie gerne würde Sure Basche ein ganzes Leben lang Hosen von Abraham flicken, wenn er nur noch seine Beine hätte. Aber wenigstens blieb er am Leben, und sie mußte keine Salutschüsse auf dem Friedhof hören wie beim Heldenbegräbnis von Schmarjahu.

Sure Basche formt die Kartoffelmasse zu runden Reibekuchen und legt sie ins kochende Öl. Kaum sind die Wunden von einem Krieg vernarbt, beginnt ein neuer, kaum hat sie den Schrecken des einen Krieges überwunden, zieht wieder ein Sohn ins Feld. Dieses Mal war es für den Frieden in Galiläa, und Raphael, obwohl er schon vierzig war, wurde eingezogen. Sure Basche zitterte und wartete stündlich auf Nachricht. Am gleichen Datum wie vor fünfzehn Jahren begann dieser Feldzug, vielleicht, weil sich die Politiker des glorreichen Sieges vom Sechstagekrieg erinnerten. Aber für Sure Basche war der Sechstagekrieg eine Niederlage. Damals hat sie ihren ersten Sohn in die Erde gelegt, möge Gott schützend seine Hand über Raphael halten. Raphael, der Langsame, ist gesund heimgekehrt. Sure Basche will die Gedanken an den Krieg verscheuchen, aber in diesem Land gerät er nie außer Sichtweite. Hier wird eine Bombe gelegt, dort eine Granate geworfen, wieviel Blut ist schon geflossen, und es nimmt kein Ende. Krieg, Terroranschläge, Bomben, Sprengstoff begleiteten das Leben von Sures Basches Generation.

Es beginnt zu regnen, und sie schaut aus dem

Fenster. Im Monat Kislew sind die Tage kurz, man muß den Petroleumofen anzünden. Josef kommt nach Hause, zieht den Mantel und die Schuhe aus, legt den Hut ab und setzt sein Käppchen auf.

»Es regnet«, sagt er.

»Ja«, antwortet sie, »man muß einheizen.«

»Ich mache das schon«, sagt Josef. Es geht eine angenehme Wärme vom Ofen aus, die sich mit der Wärme der Reibekuchen vermischt. Es ist der vierte Tag von Chanukka, und Josef zündet fünf Kerzen an und murmelt die Segenssprüche.

»Zweiundvierzig Jahre«, denkt Sure Basche, »lebe ich mit ihm zusammen. Seit zweiundvierzig Jahren backe ich zu Chanukka Reibekuchen. Was weiß ich von Josef, er redet kaum mit mir.« Sure Basche stellt den Teller mit den Reibekuchen auf den Tisch. Sie blickt auf die brennenden Kerzen. »Zweiundvierzig Jahre zündet Josef die Kerzen mit mir zusammen an. Im ersten Jahr waren wir noch bei seinen Eltern zu Chanukka, später mit den Kindern, und seit ein paar Jahren sind wir allein. Seit zweiundvierzig Jahren stehe ich in der Küche und backe Reibekuchen. Gott im Himmel, erhalte mir Josef gesund, damit ich auf dieser Welt nicht allein Chanukkakerzen anzünden muß«, bittet sie. »Essen wir die Reibekuchen, solange sie heiß sind«, sagt Sure Basche zu Josef, und sie setzen sich an den alten Küchentisch.

112

MONA LISA IN PETACH TIKWA

Vor Jahren bekam Jona zum Jahreswechsel einen Kalender geschenkt, auf dem die Mona Lisa abgebildet war. Unter der Fotografie stand in gelber Druckschrift die Aufforderung: »Besuchen Sie mich in Paris.« Längst waren die Monate vorbeigelaufen, die Kalenderblätter im Müll vermodert, aber die Kartonunterlage mit dem Bild blieb über Jonas Bett hängen. Das Bild mit der Mona Lisa war das einzige im Zimmer, und aus Nachlässigkeit warf er es nicht fort.

Jona war vierundvierzig Jahre alt. Er lebte zurückgezogen, und seit dem Tod seiner Eltern hatte er den Kontakt mit seiner Tante Mirjam abgebrochen. Zweimal in der Woche, am Montag und Donnerstag, traf er seinen einzigen Freund Jossel in dem kleinen Café an der Hauptstraße. Stets saßen sie am selben schwarzlackierten Eisentisch, der links am Fenster stand, und Pinie, der Kellner, stellte ohne zu fragen türkischen Kaffee für Jossel und Tee mit Minze für Jona hin. Dann spielten die Freunde eine Partie Scheschbesch und saßen noch eine Weile rauchend nebeneinander. Beide waren wortkarg, es ereignete sich ohnehin wenig in Petach Tikwa, was gab es da viel zu reden? Jona war in dem kleinen Städtchen geboren, hatte hier die Schule besucht und arbeitete seit Beendigung seiner Militärzeit als Buchhalter in einer Schuhfabrik. Er war gewissenhaft, und seine Vorgesetzten schätzten seine Genauigkeit. Obwohl er nie befördert wurde, beschwerte er sich nicht, sondern führte weiterhin wortlos seine Arbeit aus.

Eines Tages rief ein Nachbar seiner Tante Mirjam aus Haifa an. Er wolle nur mitteilen, daß die Tante erkrankt sei und im Spital läge. Sie hätte ihn gebeten, Jona zu benachrichtigen. Jona nahm den Anruf gleichgültig zur Kenntnis. Er konnte Tante Mirjam nicht ausstehen. Als er noch ein Kind war, hatte sie ihn mit ihren Geschichten geängstigt. Außerdem war sie krankhaft geizig. Einmal hatte Jona beobachtet, wie sie das Inlett eines Kissens auftrennte und zwischen den schmutzigweißen Federn ein Bündel grüner Banknoten hervorzog. Andächtig zählte sie die Scheine, legte einen weiteren hinzu und vernähte das Kissen. Stets jammerte sie über die teuren Preise und daß sie am Essen sparen müsse. Auf den Gedanken, ihm zum Geburtstag auch nur eine Kleinigkeit zu schenken, war sie niemals gekommen. Früher besuchte er sie, seinen Eltern zuliebe, einmal im Jahr, nun hatte er nicht die geringste Lust, die Kranke zu sehen.

114

»Sie wird schon wieder gesund werden«, dachte er. Einige Tage später starb Mirjam. Jona überlegte, ob er sich von seiner Arbeit frei nehmen und zur Beerdigung fahren sollte, aber es tat ihm um den Tag leid. »Nächsten Monat habe ich Urlaub, und warum soll ich einen Urlaubstag mit der Beerdigung vergeuden. Davon wird Mirjam nicht lebendig«, überlegte er. Kurze Zeit nach der Beerdigung bekam er einen Brief, in dem er aufgefordert wurde, den Nachlaß der Tante zu ordnen. So kam Jona unverhofft zu dem Kissen mit den grünen Papierchen.

Zu Hause zählte er das Geld nach. Während er die Scheine auf dem Tisch ausbreitete, erinnerte sich Jona an das sauertöpfische Gesicht seiner Tante Mirjam, wie sie die Banknoten liebkost hatte und sich über jede Münze, die sie zuviel ausgab, kränkte. Nun lagen ihre Ersparnisse vor ihm, und er konnte darüber verfügen, wie er wollte. Jona blickte auf die lächelnde Mona Lisa über seinem Bett. Im Laufe der Jahre hatte sich der gelb gedruckte Satz »Besuchen Sie mich in Paris« in seine Seele eingegraben. Zuerst war er nur wie ein schwacher Schatten in der Mittagssonne, allmählich wurde er dunkler und kroch in seine Gedanken wie die Schlange in Evas Vertrauen. Solange Jona kein Geld für die Reise hatte, widerstand er der Verführung. Nun lag die Erbschaft vor ihm auf dem Tisch. »Vielleicht hat Tante Mirjam ein Leben lang gespart, damit ich

116

nach Paris fahren kann. Es ist bestimmt kein Zufall, daß ich nächste Woche Urlaub habe und das Geld gerade für eine Reise reicht«, freute sich Jona. Am folgenden Tag bestellte er eine Flugkarte, kaufte zwei neue Hemden und eine Hose, und obwohl er noch eine Woche Zeit hatte, begann er, sorgfältig den Koffer zu packen.

Als Jona seinem Freund Jossel von dem Vorhaben erzählte, fragte dieser verwundert: »Was suchst du in Paris? Leg das Geld lieber auf die Bank, damit du Zinsen bekommst, oder kauf dir einen Fernseher. Was gibt es in Paris zu sehen, was du hier nicht auch sehen kannst?« Jona genierte sich, die Mona Lisa zu erwähnen. Er konnte sich selbst nicht erklären, was ihn zu ihr zog, und deswegen suchte er krankhaft nach einer Ausrede. Ein entfernter Cousin mit dem Namen Morris Levy wohnte in Paris, und dieser Verwandte war wenigstens ein ausreichender Grund für die weite Reise.

»Was willst du von dem Cousin?« fragte Jossel. So recht wußte Jona auch nicht, was er von Morris wollte.

»Du weißt ja, Jossel, meine arme Tante Mirjam ist gerade gestorben, und Morris ist der letzte aus meiner Familie. Ich möchte die verwandtschaftlichen Kontakte wiederbeleben.«

Am Abreisetag schaute Jona die Mona Lisa eindringlich an. Er hatte das Gefühl, sie wolle zu ihm sprechen und ihm verraten, was ihn in Paris er-

117

wartete. Sie lächelte tiefgründig und vertraut, blickte ihm in die Augen und wünschte ihm viel Glück. Bevor Jona aufbrach, küßte er das Bild. Er verließ das Haus, mit dem Zubringerbus fuhr er zum Flughafen und stieg erwartungsvoll in den eisernen Vogel ein. Sobald das Flugzeug abhob, bemächtigte sich Jonas eine panische Angst. Er klammerte sich an den Lehnen fest, und jedesmal, wenn die Maschine ein wenig absackte, betete er alle Psalmen her, die ihm im Gedächnis geblieben waren. Er schwitzte an den Händen und wagte es nicht, die Lehne loszulassen, aus Furcht, er könnte in die Tiefe fallen. Um die gestaltlosen luftigen Wolken nicht sehen zu müssen, schloß er die Augen. Grauenvolle Geschichten über Flugzeugabstürze fielen ihm ein, und im Herzen rief er seine Tante Mirjam um Verzeihung an, daß er ihr Geld so leichtfertig ausgegeben hatte. Er versprach, bei seiner Rückkehr sofort ihr Grab aufzusuchen. Die Stewardeß servierte eine in Stanniolpapier eingepackte Mahlzeit, aber Jona konnte das Essen nicht anrühren. Sein Kopf drehte sich, die Därme wirbelten durcheinander, und wie zum Trotz blieb die Zeit stehen. Unvermittelt begann der Landeanflug, und Jona war überzeugt, das Flugzeug würde endgültig zerschellen. Mit einem harten Stoß setzte es auf der Landepiste auf und fuhr mit einer mörderischen Geschwindigkeit auf das Flughafengebäude zu. Erstarrt saß Jona in seinem Sessel. Die Maschine

118

rollte aus, die Türen wurden geöffnet, und benommen stieg er die Bordtreppe hinunter. Als seine Füße endlich wieder festen Boden berührten, ließ ihn die Angst los. Sie gab ihn frei, wie ein Wolf, der plötzlich ein zitterndes Kaninchen aus seinen Klauen entläßt.

Mit dem Bus fuhr Jona in die Innenstadt. Als er ausstieg und mit seinem Koffer inmitten einer hastenden Menschenmenge stand, hatte er nicht die geringste Ahnung, wohin er gehen sollte. Wie gelähmt blickte er auf das Straßengewühl, und in Gedanken begann er die Mona Lisa zu verfluchen. Welcher Teufel hatte ihm den Kalender geschenkt? Wie eine Hexe hatte sie ihn verzaubert und hierhergelockt. Ein Leben lang hatte die alte Tante Mirjam gespart, sich das Essen nicht gegönnt, und was hatte er mit der Erbschaft angefangen? »Wenn ich heil zurückkomme, werde ich an jedem Todestag eine Kerze anzünden und deiner gedenken, Tante Mirjam«, schwor er. Sein Cousin Morris Levy fiel ihm ein, und Jona ging auf eines der zahllosen Bistros zu. Er bestellte Tee und verlangte ein Telefonbuch. Als er das Verzeichnis aufschlug, wurde ihm dunkel vor Augen. Drei Seiten Levy fand er und mindestens fünfundzwanzig mit dem Vornamen Morris. Welcher Morris war nun sein Morris? »Wenn ich ihn finde, wird er überhaupt wissen, daß er einen Cousin in Petach Tikwa hat? Ich kenne ihn doch gar nicht. Nur aus den Erzählungen der Eltern weiß ich, daß einer dieser Morrisse Levy ein Verwandter von mir ist. Vielleicht ist er gestorben, und ich suche einen Toten?« sorgte sich Jona. Der Reihe nach wählte er alle Nummern. Bei der ersten meldete sich niemand, die zweite Nummer war besetzt, bei der dritten war eine Frau am Apparat, die ihn nicht verstand, bei der vierten ein Mann, der den Hörer gleich auflegte, und bei der fünften wiederum nur ein Besetztzeichen. Verbissen wählte Jona weiter. Nach über einer Stunde hatte er Erfolg. »Ich bin Jona aus Petach Tikwa«, wiederholte er geduldig, »und suche meinen Vetter Morris Levy.«

»Jona? Jona aus Petach Tikwa, der eine Tante Mirjam in Haifa hat?« fragte der andere.

Erleichtert atmete Jona auf. »Ja, genau, Jona, der eine Tante Mirjam in Haifa hatte, vorigen Monat ist sie gestorben.«

»Das tut mir leid«, sagte Morris Levy am anderen Ende der Leitung, »aber was machst du in Paris, Jona?«

»Ich habe ein wenig Geld zusammengespart und will die Stadt ansehen«, log Jona.

»Eine gute Idee«, bestätigte sein Cousin, »Paris ist ein Erlebnis.« Es entstand eine Pause, und Morris Levy räusperte sich.

»Wie geht es dir sonst?« fragte Jona, in der Hoffnung, Morris möge nach seinem Wohlergehen fragen.

»Die Zeiten sind schlecht. Man arbeitet von früh

120

bis spät und kommt zu nichts. Aber ich will dich nicht mit meinen Problemen belästigen. Du bist nach Paris gekommen, um dich zu amüsieren und nicht um Klagelieder zu hören. Ich freue mich, daß du angerufen hast, und wünsche dir viel Vergnügen«, und bevor Jona weiterfragen konnte, legte Morris den Hörer auf.

»Möge dich die Pest holen«, wünschte ihm Jona. Unentschlossen nahm er den Koffer und ging auf die Straße. Es begann zu dämmern, und ein plötzliches Unwetter setzte ein. Unter einem Hausvorsprung suchte er Schutz vor der Nässe. »Ich hätte auf Jossel hören und mir einen Farbfernseher kaufen sollen, dann wäre die Welt zu mir ins Zimmer gekommen. Wozu mußte ich in die Welt hinausgehen?« haderte er mit sich selber. Die bunten Neonlichter spiegelten sich in den Wasserpfützen. Jona starrte auf das unruhige Licht und dachte daran, daß er einen Platz zum Schlafen brauchte. Er machte sich auf die Suche nach einer Herberge. Das erste Hotel war eine schummrige Absteige. Im Vorraum saßen drei Frauen, die miteinander schwatzten und lachten. Eine von ihnen war außergewöhnlich dick. Sie trug einen Minirock, der die fetten Schenkel notdürftig umschloß, und einen engen, fliederfarbenen Pullover über den wogenden Brüsten. Als sie bemerkte, wie Jona unsicher am Eingang stand, ging sie auf ihn zu, hängte sich bei ihm ein und fragte: »Hallo, mon chou-chou, voulez-vous faire l'amour?« Jona erschrak, umklammerte fester seinen Koffer und stolperte auf die Straße. »Sodom und Gomorrha ist dieses Paris«, dachte er. Der Regen wurde stärker, und er stand verloren auf der dunklen Allee. Die Füße taten ihm weh, er war hungrig und fror. Die Kälte trieb ihn weiter, und in einer kleinen Querstraße fand er ein anderes Hotel. Am Empfangstresen lehnte ein müder Mann mit Tränensäcken unter den Augen, die ihm das Aussehen eines alten Hundes gaben. Jona fragte nach einem Zimmer. Der Portier nickte. Aus einer Schublade holte er ein abgegriffenes Buch hervor, in dem er Namen und Wohnort des Gastes eintrug, danach händigte er den Schlüssel aus, und mit einem Aufzug, der wie ein Käfig aussah, fuhr Jona in den obersten Stock. Er schloß das Zimmer auf und gewahrte einen Sessel, der sein Inneres bloßgelegt hatte. Aus einem großen Riß quollen die Polsterwatte und eine Sprungfeder hervor. Jona legte den Koffer auf den Sessel, setzte sich aufs Bett, stützte die Ellenbogen auf die Knie, und mit den Händen bedeckte er sein Gesicht. Es war nur ein einziger Tag seines Lebens vergangen, aber er hatte das Gefühl, als sei er vor Jahren aus Petach Tikwa fortgezogen. Ein kreischender Kater riß ihn aus dem Halbschlummer. Müde zog er die feuchten Kleider aus, schlüpfte nackt unter die Decke und schlief sofort ein. Er träumte von der Mona Lisa. Sie war lebendig und wollte ihm Paris zeigen.

122

»Gib mir die Geldscheine«, sagte sie zu ihm, und auf einmal hatte sie die verkniffenen Züge von Tante Mirjam. Jona lief fort, kam aber nicht von der Stelle. Die dicke Prostituierte drückte seinen Kopf zwischen ihre gewaltigen Brüste. Unvermutet tauchte sein Freund Jossel auf und lachte: »Was suchst du in Paris, ist dir Petach Tikwa nicht schön genug?«

»Ich ersticke«, rief Jona Jossel zu, »hilf mir«, aber Jossel saß schon im Café und spielte Scheschbesch. Die Dicke stach ihn mit Nadeln in den Rücken und in die Brust. Jona erwachte und kratzte sich. Keine Prostituierte hatte ihn gestochen, sondern Wanzen. Zum Fenster sah der volle Mond herein, und während Jona den Koffer vom Sessel nahm und sich auf dem zerrissenen Sitz niederließ, klagte er: »Siehst du, Mond, was ich hier auszustehen habe. Dieses Paris ist ein Vorgeschmack auf die Hölle.«

In der dunklen Nacht hat der Mensch finstere Gedanken, am hellen Tag sieht das Leben leichter und erträglicher aus. Der nächste Morgen war sonnig und warm, und nachdem Jona gefrühstückt hatte, fühlte er sich fast beschwingt. Er fragte den hündischen Portier, wo er die Mona Lisa finden könne, und der Alte erklärte ihm den Weg zum Louvre. Vor dem Hotel schaute Jona die Pariser Häuser an. Jedes war anders gebaut. Eines hatte halbrunde Fenster, das andere viereckige mit Schnörkeln am Sims, das eine Tor war aus Eisen kunstvoll geschmiedet, das andere mit Holz verziert, das eine Haus hatte Türmchen auf dem Dach, und bei dem anderen ragten Steinköpfe aus der Wand.

»Jossel würde sich wundern«, dachte Jona, »wenn er diese Häuser sehen würde. Nicht so, wie bei uns in Petach Tikwa, wo ein Haus dem anderen gleicht wie eine Streichholzschachtel der zweiten.«

Als Jona zur Metro kam, zögerte er einen Moment, bevor er die Treppen hinunterstieg. Die Stufen führten immer tiefer in den Leib der Erde, und durch einen langen Tunnel gelangte er zum Bahnsteig. Die Untergrundbahn fuhr gerade vor, und Jona stieg ein. Plötzlich war dieses beklemmende Angstgefühl wieder da. Die Luft blieb ihm weg, die Hände begannen zu zittern, und das Blut wich ihm aus dem Gesicht. An den kalten Metallgriffen hielt er sich krampfhaft fest. Eingeschlossen in dem Zug unter der Erde, fühlte er sich wie in einem Sarg. Er erinnerte sich an Geschichten von lebendig Begrabenen, wie sie in der dunklen Grube zu sich kamen und verzweifelt versuchten, durch das Erdreich ans Tageslicht zu gelangen. In verkrümmten und verspannten Stellungen hatte man sie gefunden, gestorben während ihres jämmerlichen Kampfes gegen die Erde. Nur mit Mühe hielt Jona es bis zum Place de la Concorde in der Untergrundbahn aus. Eilig hastete er die Treppen ins Freie hinauf und at-

124

mete tief durch. Er zitterte am ganzen Körper. Um sich zu beruhigen, setzte er sich auf eine Bank. Vor ihm lag der Tuileriengarten mit seinen jahrhundertealten Bäumen. Dazwischen standen Statuen, die aussahen, als würden sie im nächsten Moment zum Leben erwachen. »Die Stadt ist wie Sodom, dort wurde Lots Frau zu einer Salzsäule, und hier werden Menschen zu Steinfiguren«, sinnierte Jona.

Vor dem Louvre stand eine wartende Menschenschlange. Wenn sich die Mona Lisa nicht wie ein Teufel in seinem Gehirn festgekrallt hätte, wäre er fortgegangen. Es war um die Mittagszeit, die Hitze brannte auf seinen unbedeckten Kopf, und die Sonne blendete ihn. Nach einer quälenden halben Stunde stand er vor der Kasse, verlangte ein Eintrittsbillett und betrat das Museum. Als erstes sah er ein Bild mit zwei nackten jungen Mädchen. Die eine hielt die Brustwarze der anderen zwischen ihren Fingerspitzen. Jona wagte nicht, das Gemälde eingehend zu betrachten. Dafür hatte er Tante Mirjams mühsam erspartes Geld verschleudert. Er blieb vor den prunkvollen Königen und Adligen stehen, deren Kleider aus Samt und Seide so naturgetreu wirkten, als wären sie aus Stoff und nicht aus Farbe geschneidert. Am besten gefielen ihm die schnaubenden Pferde, auf denen Ritter saßen. Wenn er könnte, würde er sich jetzt auf so ein Pferd schwingen und nach Petach Tikwa reiten. Jona ging von

Raum zu Raum. Der Louvre war unvorstellbar groß, und Jona hatte das Gefühl, als würde er sich im Kreis drehen. Allmählich konnte er nicht mehr unterscheiden, ob er die Bilder bereits gesehen hatte oder noch nicht, alle kamen sie ihm gleich vor. Immer schneller durchquerte er die Museumssäle auf der Suche nach Mona Lisa. »Wo ist sie?« erschrak er. »Wie ein Dämon hat sie mich in die Falle gelockt, und nun versteckt sie sich. Wenn ich heimkomme, werde ich sie in tausend Stücke reißen«, und wie ein gehetztes Huhn lief er durch die endlosen Ausstellungsräume. Schließlich fand er sie. Er wunderte sich, daß sie grünstichig war. Über seinem Bett war sie gelblich, die Sonne hatte sie im Laufe der Zeit ausgebleicht. Während er sie betrachtete, sah er sein Zimmer vor sich, unten im Café wartete Jossel auf ihn, Pinie, der Kellner bereitete den Tee mit Minze vor, und Jona ging die abgenutzten Holzstufen hinunter und setzte sich auf seinen Stammplatz. Er nahm die Würfel in die Hand, legte die geschlossenen Fäuste an die Stirn, konzentrierte sich einen Moment und würfelte eine doppelte Sechs. »Wozu hast du mich nach Paris geholt«, warf er der Mona Lisa vor, »ist Petach Tikwa nicht schön? Jedes Haus und alle Gäßchen kenne ich, und hier in dieser Millionenstadt bin ich verloren wie ein Reiskorn in einer Sanddüne.« Die Mona Lisa lächelte stumm, und Jona verließ den Louvre.

126

»Ich muß so schnell wie möglich von hier weg«, beschloß Jona, aber als er sich an das Flugzeug erinnerte, fühlte er sich wie eine Maus in der Falle. Er suchte ein Reisebüro auf, tauschte seine Flugkarte gegen ein Schiffsbillett um, und am frühen Abend verließ er Paris mit dem Zug in Richtung Marseille. Am nächsten Morgen bestieg er das Schiff. Sobald es von der Reling abgelegt hatte und das Ufer vor seinen Augen im Horizont untertauchte, überkam ihn wieder dieses entsetzliche Angstgefühl. Er bereute, nicht mit dem Flugzeug zurückgeflogen zu sein, denn nun war er nicht nur vier Stunden, sondern vier Tage auf dem offenen Meer eingeschlossen. Wie ein Fisch auf dem Trockenen japste er nach Luft, aber dieses beengende Gefühl verlor er nicht. Hinzu kam die Seekrankheit. Zusammengekauert lag Jona in einer Ecke auf dem Deck, unfähig, klar zu denken, mit einem nicht nachlassenden Brechreiz. Er betete und bat seine Tante Mirjam um Vergebung, und zum hundertstenmal beteuerte er, in Haifa ihr Grab zu besuchen und eine Kerze für sie anzuzünden. »An deinem Todestag werde ich wohltätig den Armen gegenüber sein, damit sie für dein Heil beten«, versprach er, »nur laß mich lebendig diese Reise überstehen.«

Unter Jonas innigen Gebeten und heißen Schwüren legte das Schiff in Haifa an. Jona verließ den Hafen und suchte ein Restaurant auf. Die Angst war von ihm abgefallen wie Schorf von einer verheilten Wunde. Während er sein Schnitzel aß, überlegte er, daß das Grab von Tante Mirjam nicht weglaufen würde, er könnte ein anderes Mal wiederkommen und für sie beten, jetzt wolle er so schnell wie möglich nach Petach Tikwa fahren. Gutgelaunt stieg er in den Bus ein. Als er in Petach Tikwa das Fahrzeug verließ und zu Fuß nach Hause ging, wunderte er sich, wieso sich nichts verändert hatte. Es kam ihm vor, als sei er eine Ewigkeit weggewesen, und hier war alles so geblieben, wie er es verlassen hatte. Er schloß sein Zimmer auf, öffnete das Fenster und ließ sich glücklich auf das Bett fallen. Von der Wand lächelte ihm das Kalenderblatt mit der Mona Lisa zu. Jona stand auf und wollte es herunterreißen, hielt inne und schaute die vergilbte Schönheit an. »Besuchen Sie mich in Paris«, las er unter dem Bild. Jona lächelte. Sie hatte ihren Zauber verloren, noch einmal würde sie ihn nicht behexen, und er ließ das Bild hängen. Der Abend brach an, und Jona ging hinunter in das Café. »Willkommen zu Hause«, begrüßte ihn Jossel. »Wie ist Paris?«

»Paris ist Paris«, antwortete Jona, »aber mit Petach Tikwa kann sich Paris nicht vergleichen.« Pinie, der Kellner, brachte den Tee mit Minze.

128

DER GRAF

Auf einem weitläufigen Gut wurde einem Gutsherrn ein Sohn geboren. Der Gutsherr war ein robuster Mann, der das Land liebte, viel und deftig aß, große Mengen von Sliwowitz und Wodka in sich hineingießen konnte und auch den Mägden nicht abgeneigt war. Zu seinem Gut gehörten Felder und Wälder, und am Fuß des Hügels, auf dem das Gutshaus gebaut war, floß ein Bach, in dem sich die Trauerweiden spiegelten. In der Koppel standen Pferde, in den Ställen kalbten Kühe, auf der Wiese schnatterten Gänse, im Keller lagerten Weinfässer, die Speicher faßten kaum das Korn, denn das Land gab seine Schätze im Überfluß her. Der Gutsherr bewirtschaftete den Hof mit großer Sorgfalt und einer besitzergreifenden Liebe, die überhaupt keinen Raum für andere Empfindungen zuließ. Er ordnete an, was angebaut, wann gesät und wann die Ernte eingeholt werden sollte, nur sein Gespür für die Dinge war ausschlaggebend, und sein Wille wurde zur Tat. Das Land gab ihm recht, es war üppig, gedieh und blühte.

Der Gutsherr verliebte sich in die Tochter eines verarmten Adligen und war bereit, das Mädchen auch ohne Mitgift zu heiraten. Sie folgte dem Rat ihres Vaters und stimmte der Verbindung zu. Unter Schmerzen wurde die Ehe vollzogen, und wie ein Maiglöckchen seinen Duft verliert und verwelkt, wenn man es aus der Erde rupft, so verblühte auch die junge Frau. Sie wurde schwanger und ihr Leib voller, ihre Brust größer, aber ihr Gesicht wurde bleicher, ihre Nase spitzer und ihre Augen trüber. An einem Sommertag, die Vögel zwitscherten, der Wind spielte mit den Blättern, die Sonne spiegelte sich in der reinen, blauen Luft, gebar sie einen Jungen. Der Gutsherr küßte seine schwache, kraftlose Frau. Er sah weder den leidenden Zug um ihren Mund noch den Kummer in ihren Augen, und eine Woche nach der Geburt erhängte sich die junge Mutter im Keller. Niemand verstand ihr Tun. »Eine schwere Kindbettdepression. Sie hat den Schock der Geburt nicht verkraftet«, sagte der Arzt. Aber nicht die Geburt hatte sie zu ihrer Tat getrieben, sondern ihr eheliches Unglück, das niemand bemerkt hatte. Sie verabscheute die Gier ihres Mannes, seine Umarmungen schmerzten sie, und seine Zärtlichkeiten widerten sie an. Mit seiner Liebe hatte er ihre Seele erdrückt.

Es gibt so viele verschiedene Seelen, wie es unterschiedliche Gewebe in einer Stoffabteilung gibt. Manche ähneln dem Wachstuch, sie sind unver-

LORD & TAYLOR
424 FIFTH AVENUE
NEW YORK, NEW YORK

996-001-265-3780
381411 137   3:01 PM 9/29/2006

PURCHASE

Brief	#L# 7.00
017326354120 192/06	
Tkt 8.00 Buy 3 for $21.00	
Brief	#L# 7.00
017326354120 192/06	
Tkt 8.00 Buy 3 for $21.00	
Brief	#L# 7.00
017326354120 192/06	
Tkt 8.00 Buy 3 for $21.00	

Sub Total	21.00
Total	21.00
American Express	-21.00
581645 XXXX XXXXXXXXXXX2014 S	

SHOP ONLINE AT LORDANDTAYLOR.COM
PLEASE SAVE YOUR RECEIPT TO
RECEIVE CREDIT IN THE FORM OF
YOUR ORIGINAL PAYMENT

CUSTOMER COPY

996-001-265-3780
591411 132   3:01 PM 9/29/2006

PURCHASE

Brief		
0173323541420	192/06	
1K1 8.00 Buy 3 for $21.00		*L8 7.00
Brief		
0173523541420	192/06	
1K1 8.00 Buy 3 for $21.00		*L8 7.00
Brief		
0173323541420	192/06	
1K1 8.00 Buy 3 for $21.00		*L8 7.00

Sub Total   21.00
Total   21.00
American Express   -21.00
58t645 XXXX   XXXXXXXXXXX2014 S

SHOP ONLINE AT LORDANDTAYLOR.COM
PLEASE SAVE YOUR RECEIPT TO
BE USED CREDIT IN THE FORM OF
YOUR ORIGINAL PAYMENT

CUSTOMER COPY

wüstlich, glatt, kalt und verändern weder ihre Form noch ihre Farbe. Wird so eine Seele fleckig, dann kann sie mit einem Lappen abgewischt werden, und sie ist wieder wie neu. Die Wachstuchseelen gehen unberührt durch das Leben, sie lachen und weinen nicht, höchstens ziehen sie ihre Mundwinkel mal nach oben, mal nach unten. Weil sie selber keine Gefühle haben, halten sie jede Gefühlsregung für überflüssig und unangenehm. Dann gibt es Seelen, die sind wie grobes Leinen beschaffen. Sie sind rauh und fest in ihrer Struktur, und es bedarf schwerer Angriffe, bis die Leinenseele Zeichen der Zerstörung zeigt. Es fehlen ihr die Zartheit und der Sinn für feine Nuancen. Ihre Liebe ist erdrückend und ihre Abneigung verletzend, ihre Stimmung launisch und ihre Gefühle offensichtlich. Seltener findet man auch Seelen wie Seide. Fein gewirkt und kostbar, die sich leicht anschmiegen und bei rauhem Umgang schnell verschleißen. Die Seidenseele hüllt die anderen in ihren edlen Stoff ein, vernebelt ihre Sinne und weckt geheime Wünsche. Solch eine seidene Seele hatte der Junge, dem der Vater den Namen Viktor Balduin gab.

Viktor Balduin war in seinem Wesen wie seine Mutter, schwach, kränklich, blaß und still. Er begann spät zu sprechen, erschrak vor den Hunden und Pferden, und laute Töne waren ihm ein Greuel. Am liebsten saß er im Garten, betrachtete die Rosen und Narzissen oder lief zum Bach hin-

132

unter und hörte stundenlang dem Plätschern des Wassers zu. Er hielt Zwiesprache mit den Vögeln, den Steinen und Blumen. Als er acht Jahre alt war, schenkte ihm der Großvater eine Geige, und eifrig begann er, das Geigenspiel zu erlernen. Verzaubert hörte er seinem Lehrer zu, wenn dieser mit wenigen Bewegungen leise, schluchzende Melodien dem Instrument entlockte, und häufig küßte er die Geige, die viel schöner erzählen konnte als jeder Mensch.

Sein Vater liebte ihn nicht, er fand das Verhalten seines Sohnes sonderbar, aber er ließ ihn gewähren. Der plötzliche Tod seiner Frau hatte den Gutsherrn erschreckt, daher wagte er es nicht, dem Kind nahezutreten aus Furcht, auch das Kind könne eine unberechenbare Tat begehen. Wäre seine Welt heil geblieben, dann hätte der Gutsherr vielleicht nochmals geheiratet, diesmal eine kräftige, gesunde Frau mit dicken Brüsten und einem Sinn für Landwirtschaft. Er hätte weitere Söhne gezeugt, mutige kleine Raufbolde, die auf den Pferden geritten wären und die Katzen gejagt und mit den Hunden gespielt hätten. Sein ältester Sohn Viktor Balduin hätte inzwischen still und zurückgezogen in einem Winkel des Gutshauses gelebt und wäre mit der Zeit ein schrulliger Mann geworden, dessen Tage aus Träumen und Geigenspiel bestanden hätten. Im Dorf hätte man zwar über den eigenbrötlerischen und wunderlichen Grafen Viktor Balduin gelacht, doch hätte ihn trotzdem jeder ehrfurchtsvoll gegrüßt, denn seine Herkunft erhob ihn über die anderen. Aber die Welt blieb nicht heil. Ein Krieg überrollte das Land, eine Feuerwalze, die alles verbrannte und die Ordnung verkehrte. Die Adligen waren keine Adligen mehr, die Untertanen keine Untertanen, Reiche wurden arm und Arme reich, eine Herde Soldaten erschlug den Gutsherrn, Viktor Balduin aber konnte fliehen, und wie durch ein Wunder überlebte er das Chaos. Nicht, daß er um sein Leben gekämpft hätte, nicht, daß er unbedingt überleben wollte, er starb einfach nicht.

Auf jedes Chaos folgt eine Ordnung. Tränen werden getrocknet, zerstörte Häuser wieder aufgebaut, ausgebrannte Gärten neu angelegt. Die Übriggebliebenen heiraten, Kinder werden geboren, Feste gefeiert und die Toten wieder mit Anstand und Würde begraben. Ein jeder findet aufs neue seinen Platz. Der eine nimmt eine bessere Stellung als vor dem Krieg ein, der andere eine schlechtere. Viktor Balduin, der vor dem Krieg der Adligste in seiner Umgebung war, fand sich unter den Ärmsten der Armen wieder. Niemand kannte das Gut, auf dem er geboren und aufgewachsen war, niemand den guten Ruf seiner Vorfahren, es war ihm nichts als sein adliger Name geblieben. Und dieser gereichte ihm nun zu Spott und Verachtung. Jedermann lachte, sobald er sich als Graf Viktor Balduin von Marentoll vor-

134

stellte. Er sah einem Landstreicher ähnlicher als einem Grafen, und da er seinen Namen nicht dem Spott preisgeben wollte, nannte er sich fortan Viktor Graf.

In der neuen Ordnung mußte der Mensch einen Beruf ausüben, aber Viktor hatte keinen gelernt. Er spielte zwar ein wenig Geige, sprach etwas französisch und englisch, aber das reichte bei weitem nicht für einen Beruf aus. So stellte Viktor fest, daß er nichts war und nichts konnte. Nachts schlief er im Wartesaal des Bahnhofs, und tagsüber ernährte er sich von den Suppen der Volksküche, und er begann, auf sein Ende zu warten. Die neue Weltordnung wollte ihn nicht, er wollte sie auch nicht, das beste, fand er, wäre, er würde sterben. Es stirbt sich aber nicht so leicht. Er verhungerte nicht, er erfror nicht und zog sich auch keine tödliche Krankheit zu. Es geschah nichts, und Viktors Tage verstrichen sinnlos und träge.

So, wie jede Dunkelheit sich einmal aufhellt und jedes Licht einmal verblaßt, so veränderte sich auch Viktors Leben unvermutet und unerwartet. An einem regnerischen, winterlichen Nachmittag hielt er sich, wie sooft an solchen Tagen, im Wartesaal des Bahnhofs auf. Außer ihm befand sich nur eine Dame mittleren Alters im Raum. Sie saß auf der Bank an der gegenüberliegenden Wand und las in einem Buch. Den rostroten Ledermantel hatte sie geöffnet, und darunter trug sie ein elegantes Chanelkostüm und dazu eine passende

Kappe auf dem Kopf. Der feine Parfümduft, der von ihr ausging, mischte sich mit der stickigen, verrußten Luft in dem Wartesaal. Sie war in ihr Buch vertieft und schien die schäbige Umgebung nicht wahrzunehmen, und als wäre sie allein, begann sie ein Gedicht halblaut zu rezitieren:

»Mahadöh, der Herr der Erde,
kommt herab zum sechstenmal,
daß er unsersgleichen werde,
mitzufühlen Freud und Qual.«

War es ein Zufall oder eine Fügung? Der verwahrloste, nutzlose Viktor Graf kannte das Gedicht und stimmte ein:

»Er bequemt sich hier zu wohnen
läßt sich alles selbst geschehn.
Soll er strafen oder schonen,
muß er Menschen menschlich sehn.«

Erstaunt sah ihn die Frau an, während er fortfuhr:

»Und hat er die Stadt sich als Wandrer betrachtet,
die Großen belauert, auf Kleine geachtet,
verläßt er sie abends, um weiterzugehn.«

»Dies ist kein gewöhnlicher Landstreicher«, dachte die Dame, und unwillkürlich verglich sie Viktor mit dem göttlichen Wanderer. Sie begannen, über das Gedicht zu sprechen, lasen es gemeinsam zu Ende, und sie nahm ihn mit in ihre Villa, die an einen großen Park grenzte. Für Viktor hatte sich der Himmel geöffnet. Er war nicht mehr Viktor Graf, sondern wieder Graf Viktor

136

Balduin von Marentoll. Seine Gönnerin lebte allein in dem vornehmen Haus, und sie war für ihn Mutter und Vater, Geliebte und Göttin zugleich. Das Schicksal hatte ihm zurückgegeben, was es ihm genommen hatte. Er schlief wieder in seidener Bettwäsche und aß mit silbernem Besteck, er hörte Musik und las Gedichte, und stundenlang ging er im Park unter alten Eichen spazieren. Er hätte vor Glück sterben mögen. Aber so, wie er im Unglück nicht gestorben war, so starb er jetzt auch nicht, aber aus einem unerklärlichen Grund begann er, seiner Geliebten lästig zu werden. Sie wußte selbst nicht genau, warum, aber seine Gespräche verloren den Reiz für sie und seine Küsse den Geschmack. Zunächst glaubte sie, es sei nur eine Laune, die vorübergehen würde, aber ihre Abneigung wuchs und wurde täglich größer. Das war nicht Mahadöh, der Herr der Erde, dies war ein erwachsenes Kind, das sich einfach bei ihr breitgemacht und ihr Haus und ihre Tage in Besitz genommen hatte. Sie zeigte ihm ihren Unmut in Gesten und Andeutungen, aber er sah ihn nicht, sie wurde ungeduldig, er fühlte ihre Unruhe nicht, sie gab ihm durch kleine Bemerkungen zu verstehen, daß sie ihn nicht mehr wollte, aber er verstand nicht. Da packte sie ihm eines Morgens seine Sachen in einen Lederkoffer und drückte ihm den Koffer in die Hand mit der Aufforderung, das Haus sofort zu verlassen und nicht wiederzukommen.

Hatte der Krieg sein Gut zerstört, seinen Vater getötet, sein Vermögen verbrannt, so war trotzdem seine Seele heil geblieben. Fand er sich am Ende des Krieges in groben Kleidern wieder, in zerrissenen Schuhen, ungepflegt und vernachlässigt, so war dies nur eine äußere Zerstörung. Er hatte den Krieg nicht begriffen, er hatte die neue Weltordnung nicht verstanden, wie ein unschuldiges Kind war er durch das Elend getappt. Aber nun stand er auf der Straße, in einem maßgeschneiderten Anzug, darunter einen Kaschmirpullover und ein Seidenhemd, den Lederkoffer in der Hand, und es kam ihm vor, als hätte das Leben selbst ihn ausgespien. War sein Elend vorher groß, so war es jetzt unermeßlich. Er verstand nicht, was er ihr angetan und warum sie ihn aus dem Haus gejagt hatte, wie einen zugelaufenen Hund.

Es begann zu regnen, und Viktor wußte nicht, wohin er gehen sollte. Die Straße roch nach Frühling, die Knospen waren prall und bereit, sich jeden Moment zu öffnen, in den Vorgärten blinkten die Regentropfen wie Glasperlchen im nassen Rasen. Viktor fröstelte, und unschlüssig ging er in Richtung Bahnhof. Der Bahnsteig war leer, und der Regen tropfte auf die metallenen Schienen. Viktor setzte sich auf die Bank, und die graue Trauer des Bahnhofs vermischte sich mit der trostlosen Stimmung seiner Seele. Es war, als fiele er durch einen tiefen Schacht, und es gab

138

nichts, woran er sich hätte festhalten können. Gleichmäßig wie der Regen verstrich die Zeit, und verfroren und durchnäßt verfiel er in einen traumlosen Schlaf. Das Zischen und Pfeifen eines Zuges weckte ihn auf, und Viktor stieg, ohne darauf zu achten, wohin der Zug fuhr, ein. Die Abteile waren überfüllt mit schreienden Kindern und Schlachtenbummlern, die zu einem Fußballspiel fuhren, Viktor konnte den Lärm nicht ertragen und wollte schon wieder aussteigen, als er ein fast leeres Abteil bemerkte, in dem nur eine junge Zeitung lesende Frau am Fenster saß. Viktor schob die Tür beiseite und fragte, ob er Platz nehmen dürfe. »Bitte«, antwortete die Frau, und er setzte sich ihr gegenüber. Krächzend begann der Zug zu rollen. Viktor schloß die Augen, und wie Regentropfen perlten Tränen über sein Gesicht. Er weinte lautlos wie ein verlassenes Kind, das seine Gefühle nicht zurückhalten konnte. Als die junge Frau die Zeitung zu Ende gelesen hatte, faltete sie sie sorgsam zusammen und lehnte den Kopf zurück. Da bemerkte sie, daß der Mann ihr gegenüber stumm weinte. Im ersten Moment fühlte sie sich hilflos, aber dann fragte sie voller Mitleid, ob sie ihm helfen könne. Zunächst konnte Viktor nicht antworten, ihm saß ein Kloß im Hals. Allmählich beruhigte er sich aber, und er begann sein unglückliches Leben vor ihr auszubreiten. Dann nahm die junge Frau ihn mit zu sich nach Hause.

Sie hatte eine gemütlich eingerichtete Wohnung. Jeden Morgen verließ sie zeitig das Haus, um in die Metzgerei zu gehen, wo sie als Verkäuferin arbeitete, und kam erst am späten Abend zurück. Von dem Umgang mit dem tiefgekühlten Fleisch waren ihre Hände rot und rissig geworden, und obwohl sie bei ihrer Arbeit flache Schuhe trug, litt sie unter Krampfadern. In der Mittagspause kaufte sie ein, und wenn sie nach Feierabend heimkam, räumte sie die Wohnung auf, steckte die schmutzige Wäsche in die Waschmaschine und richtete das Abendessen her. Viktor half ihr beim Kochen und Tischdecken. Er zeigte ihr, wie man die Küche verfeinert, welche Gewürze man zu welchem Gericht verwendet, welcher Wein zu hellem und dunklem Fleisch paßt, und wenn sie beim abendlichen Essen saßen, kam es ihnen vor, als seien ihr Besteck aus Silber und ihre Glasteller und -schüsseln aus Meißner Porzellan. Bei warmem Kerzenlicht erzählte Viktor von seiner Kindheit, dem großen Gut, den Feldern und Wäldern, seiner Zaubergeige, den rauschenden Festen und erlesenen Roben, und seine Freundin fühlte sich wie eine Gräfin, die in eleganten Kleidern einherging und funkelnden Schmuck trug.

Viktor fühlte sich wohl. Es störte ihn nur, daß sie in der Liebe unersättlich war und seine Zärtlichkeiten ihr nicht genügten. Er fühlte, daß er ihren körperlichen Hunger nicht stillen konnte, und verachtete sie um ihrer Gier und sich um seiner

140

Schwäche willen. Waren die Nächte unbefriedigend, so waren die Tage doch ruhig. Er schlief lange, zog sich sorgfältig an, las oder ging spazieren. Es fiel ihm gar nicht auf, daß sie immer später heimkam. Eines Tages blieb sie eine ganze Nacht fort, und er war froh, daß er das Bett für sich allein hatte. Am nächsten Tag erklärte sie ihm unumwunden, daß sie einen neuen Freund habe, und bat ihn auszuziehen.

»Du kannst hier noch eine Woche bis zum Ende des Monats bleiben. Such dir in dieser Zeit ein anderes Zimmer, ich werde derweil bei meinem Bekannten wohnen«, sagte sie und verließ das Haus.

Die letzte Woche, die er bei ihr wohnte, verbrachte Viktor im Bett mit Tagträumen. In dieser Zeit spülte niemand Geschirr, er öffnete nicht die Fenster, wischte keinen Staub, wusch und rasierte sich nicht, und als seine Freundin kam, lag er im Bett umgeben von leergetrunkenen Weinflaschen und Essensresten, angetan mit dem verschwitzten Seidenhemd, dem fleckigen Kaschmirpullover und den zerknitterten Hosen seines teuren Anzugs. »Raus«, schrie sie mit hochrotem Kopf, »raus, aber gleich.« Sie packte seine Sachen, warf sie ins Treppenhaus, seinen Lederkoffer schleuderte sie hinterher und schlug die Tür zu.

Viktor ging wieder Richtung Bahnhof. Er setzte sich in die Bahnhofskneipe, bestellte ein Bier und starrte bewegungslos auf die gelbe Flüssigkeit. So saß er Stunde um Stunde, die letzten Zecher gingen, die Wirtin begann die Stühle auf den Tisch zu stellen und den Boden zu kehren. »Sie müssen jetzt gehen«, drängte sie, »wir schließen.« Viktor antwortete nicht. »Wir machen jetzt dicht«, wiederholte sie, aber er rührte sich nicht, und die Wirtin rief die Bahnhofspolizei. Zwei Beamte kamen an den Tisch und verlangten den Ausweis. Viktor reagierte nicht, und die Polizisten nahmen ihn mit auf die Wache. »Der soll erst einmal seinen Rausch ausschlafen«, sagte der ältere Wachtmeister. Auf einer Pritsche schlief Viktor bis zum Morgen, und als der Polizist ihn weckte, erhob er sich nicht. Mit dem Polizeiwagen brachte man ihn in die psychiatrische Anstalt. »Eine tiefe Depression«, diagnostizierte der Arzt, »aber mit Medikamenten und Elektroschocks holen wir ihn schon wieder heraus.«

Die Ärzte stellten Viktor wieder so weit her, daß er zu reden begann, und er erzählte dem behandelnden Psychiater von seiner Kindheit, vom Gut, vom Reichtum, vom Adel und der Geige.

»Depression gepaart mit Größenwahn«, schrieb der Arzt in das Krankenblatt und »Flucht vor der Realität in Traumvorstellungen« fügte er hinzu. Sosehr sich der Psychiater bemühte, etwas von der fernen Vergangenheit seines Patienten zu erfahren, Viktor blieb bei der Version vom Gutsherrn und Adel, und der Arzt gab seine Bemü-

142

hungen auf. Viktor wurde in eine geschlossene Anstalt für unheilbar psychisch Kranke eingewiesen und nicht mehr entlassen. Dort saß er während des Tages schweigsam auf einer Bank im Garten, in den Nächten aber, wenn die Wärter das Licht gelöscht hatten, erzählte er seinen Mitpatienten vom Gut, vom Bach, von den Trauerweiden und von der Geige. Sie nannten ihn Graf Viktor Balduin von Marentoll und baten immer wieder, er möge ihnen erzählen. Mit seinen Geschichten hüllte er seine Zuhörer in eine Traumwelt ein, die so fein gesponnen war wie ein Tuch aus reiner Seide.

DIE VERIRRTEN SEELEN

In einer kleinen Stadt in Marokko lebte einst ein Rabbinergeschlecht. Die Söhne der Familie waren Gelehrte und gottesfürchtige Männer. In jedem lebte eine Seele, die die tiefsten Tiefen der Erde und die höchsten Höhen des Himmels erfaßte, und da die Seelen die Allmacht des Lebens begriffen, erkannten sie Gott und dienten ihm. In alten Büchern forschten sie nach Wissen und Erkenntnis, und kein menschliches Leid war ihnen fremd. Von allen Söhnen war Nissim ben Baruch der klügste, der verständnisvollste und der warmherzigste. Als er starb, trauerte die ganze Gemeinde. Man trug den Verstorbenen zu den Felsen hinaus, und in einer Höhle wurde er bestattet. Acht Tage lang versammelte sich das Volk um die Grabstätte, weinte und betete. Das Juwel der Gemeinde war dahingegangen, ein Heiliger war gestorben, und wie eine Herde ohne Hirte blieb die Stadt zurück.

Jedes Jahr zum Todestag von Nissim ben Baruch pilgerten die Gemeindemitglieder zu Fuß zum Grab hinaus, um die »Helula« zu feiern. Sie

schlugen Zelte auf, und acht Tage lang sangen, beteten und tanzten sie am Grab. Kranke baten um Gesundheit, Unfruchtbare um Kindersegen und Arme um Geld. Kühe und Schafe wurden geschlachtet, das Fleisch auf offenem Feuer gebraten, getrocknete Früchte und Nüsse verteilt und die Fladenbrote an Ort und Stelle gebacken. Die Männer vertieften sich in Gespräche über den rechtschaffenen Lebenswandel von Nissim ben Baruch, über seine guten Taten und die Wunder, die er vollbracht hatte. Täglich wurden Kerzen auf dem Grabstein angezündet, und ein Berg von Wachskerzen bedeckte den Stein. Keine Ehre war größer, als in der Nähe des Heiligen begraben zu werden, und im Laufe der Zeit wuchs in einer angemessenen Entfernung von der Höhle ein neuer Friedhof.

Der Sohn von Nissim ben Baruch, Chaim, übernahm das Amt seines Vaters. Er war ein gelehrter und weiser Mann und führte die Gemeinde mit Klugheit und Verständnis. Für jedes Problem war sein Ohr offen, und für jeden Schmerz wußte er Trost. Seine Frau Chassiba war ungewöhnlich schön, und Chaim begehrte sie mehr, als es sich für einen frommen Mann seines Standes ziemte. An den Tagen, an denen sie für ihn unberührbar war, bat er sie, nicht vor ihm zu erscheinen, damit es ihn nicht nach ihr gelüste und sündige Gedanken sein heiliges Studium störten. Und in der Nacht, wenn sie aus dem Tauchbad heimgekom-

146

men war, dankte er Gott für die Güte und Gnade, die er ihm erwiesen hatte, als er ihm Chassiba zum Weibe gab. Selten zeigte sich Chassiba auf der Straße. Sobald sie das Haus verließ, blickte sie zu Boden. Sie kleidete sich in weite, dunkle Gewänder und legte keinen Zierrat an, damit die Augen der anderen nicht an ihr hängenblieben. Ihr Schmuck war die Gelehrsamkeit ihre Mannes, ihr Geschmeide seine Weisheit, ihr Gold seine Ehre.

In einer anderen Stadt lebte ein Kaufmannsgeschlecht. In jedem Kaufmann wohnte eine Seele, die den Wert der Dinge am Nutzen und am Geld maß. Und da für sie das Gold das Maß aller Dinge war, dienten sie ihm mit Hingabe. Von allen Söhnen der Familie war Schmuel ben Schoschan der erfolgreichste. In riesigen Gewölben lagerte er feinstes Tuch und schwere Seide, Goldbrokat und Manchester. Schiffe aus aller Welt brachten ihm ihre Schätze, und die reichsten Familien und besten Schneider bezogen von ihm Stoffe. Sein Wort und sein Handschlag waren bares Gold wert. Das Haus von Schmuel ben Schoschan war das größte und prachtvollste in der Stadt. Auf dem gepflasterten Hof liefen Hühner und Gänse herum, und neben dem Brunnen kochten die Waschfrauen die Wäsche. Die Gemüsehändler brachten in großen Holzkisten Orangen, Bananen, Trauben, Auberginen, Fässer mit eingelegten Oliven und sonstiges Gemüse. In

Jutesäcken schleppten sie Nüsse, Reis, Linsen und anderes Getreide heran, und die Metzger lieferten an schweren Eisenhaken geschlachtete Kälber und Lämmer. Die Kammern faßten kaum die Vorräte, und am Schabbat versammelten sich die Vornehmen und Reichen der Stadt im Haus von Schmuel ben Schoschan, und er bewirtete sie mit allerlei Leckerbissen. Madelaine, seine Frau, trug auch an Wochentagen Kleider aus Seide, und ihre Arme waren schwer von den Goldreifen, die Schmuel ihr kaufte. Das edle Metall schmückte ihre Ohren und den Hals, und wenn Schmuel sie ansah, lachte sein Herz. Ihre Haut war weißer als Alabaster, und ihr kupferrotes Haar schimmerte glanzvoller als ihr goldenes Geschmeide. Wenn sie mit ihren Schwägerinnen im Kreis saß, dann war sie die Königin unter den Edlen. Stolz blickte Madelaine auf Schmuel, dem sie in Liebe zugetan war.

Es fügte sich, daß Chassiba, die Frau von Chaim ben Baruch, und Madelaine, die Frau von Schmuel ben Schoschan, zur selben Zeit ein Kind erwarteten. Im Leib von Chassiba wuchs ein Sohn, im Leib von Madelaine eine Tochter heran. Aber die Seelen, die in die Körper der Kinder fahren sollten, verirrten sich. Die Kaufmannsseele drang in den Rabbinersohn und die Rabbinerseele in den Körper der Kaufmannstochter ein.

Vom Tag der Geburt bis zum Tag der Beschneidung versammelten sich die Frommen und Gelehrten jeden Abend im Haus von Chaim ben Baruch. Es wurde gesungen, getanzt, gegessen, und in der Nacht vor der Beschneidung legte sich niemand schlafen. Mit Gebeten und Gesängen wurde der Morgen begrüßt und weiße Kerzen zur Feier des Tages in den Schabbatleuchtern angezündet. Der Säugling wurde auf den geschmückten Stuhl des Propheten Elia niedergelegt, und unter erneuten Gebeten nahm ihn ein Verwandter des Vaters auf den Arm, und der Mohel führte die Beschneidung durch. In Ehrfurcht sah die Gemeinde zu, wie am Enkel des heiligen Nissim ben Baruch der ewige Bund vollzogen wurde, und zu Ehren seines Großvaters erhielt das Kind den Namen Nissim. Nach der Beschneidung brachen die Anwesenden in Jubel und Freude aus, und singend setzten sie sich zum Festmahl.

Auch im Hause von Schmuel ben Schoschan herrschte Freude und Jubel. Das Mädchen hatte die weiße Haut und die kupferroten Haare der Mutter geerbt, und Schmuel konnte dieses Wunder nicht fassen. Obwohl es bei der Geburt von Töchtern nicht üblich war, ließ er jeden Abend bis zur Namensgebung ein Festmahl mit Musik und Tanz herrichten. Am Schabbat wurden Tische im Hof aufgestellt, und Schmuel lud neben Verwandten und Bekannten alle Nachbarn und die Armen der Stadt ein und beschenkte sie großzügig. Das Mädchen erhielt den Namen Flora, und Schmuel bestellte beim Juwelier eine gol-

149

dene Chamsa, einen Anhänger, der die Form einer menschlichen Hand hat, um den bösen Blick von dem Kind abzuwehren. Gleichzeitig ließ er ein Goldkettchen mit Floras Namenszug, Ohrringe und Goldreifen für seine neugeborene Tochter anfertigen.

Beide Kinder wuchsen heran, und schon früh zeigten sich ihre Veranlagungen. Nissim zog es nicht zu den Büchern. Sobald er still sitzen und lernen sollte, wurde er unruhig und begann zu weinen. Mit drei Jahren wurde er in den Cheder eingeschult, aber nur mit Mühe konnte man ihn hinbringen. Jeden Morgen brach er in Tränen und Jammern aus, und nur mit Naschwerk und kleinen Geschenken überredete ihn Chassiba, zum Unterricht zu gehen. Es dauerte lange, bis er lesen lernte, und sein Lehrer schüttelte oft den Kopf, wenn er den kleinen Nissim betrachtete. »Wie kommt es, daß in solch einer gelehrten Familie so ein Kind heranwächst?« dachte er im stillen. Mit jedem Tag wurde Nissim die Heilige Schrift verhaßter. Das Zimmer seines Vaters, in dem die alten Folianten lagen, betrat er überhaupt nicht, denn allein ihr Anblick flößte ihm Abscheu ein. Um so lieber trieb er sich auf dem Basar herum. Stundenlang konnte er zwischen den Ständen herumgehen und den Gold- und Silberschmieden bei ihrer Arbeit zusehen, wie sie aus dünnen Golddrähten Ketten und Ohrringe wanden oder mit kleinen Hämmerchen Silberplatten bearbeiteten. Bei den Teppichhändlern befühlte er die weichen, dicht gewirkten Teppiche, deren Muster unerschöpflich waren. Er freute sich an den bunten Stoffen und kupfernen Gefäßen, die im Basar angeboten wurden, und hier fühlte er sich zu Hause. Es war ein lebendiger Ort voller Lachen, Zauber und Schönheit.

Im Hause von Schmuel ben Schoschan wuchs, wie eine zarte Lilie, Flora heran. Das Mädchen schien an Schönheit und Anmut ihre Mutter zu übertreffen, und Schmuel und Madelaine vergötterten sie. Der Vater überschüttete sie mit prächtigen Kleidern, goldenen Kettchen, Ohrringen und Armreifen. Als Flora acht Jahre alt war, wurde eine Lehrerin für sie eingestellt, die ihr Lesen und Rechnen beibringen sollte. Nicht etwa, weil Schmuel unbedingt seiner Tochter Schulbildung vermitteln wollte, sondern weil Flora selbst danach verlangte. Ein Geschäftspartner hatte ihr aus Frankreich ein Buch mit biblischen Geschichten mitgebracht, und sie wollte unbedingt wissen, was die kleinen schwarzen Zeichen neben den Bildern bedeuteten. Und so lernte Flora mit Hilfe einer Gouvernante Französisch, lesen und schreiben. Ihre ganze Liebe galt den Büchern, sie interessierte sich weder für die Kleider noch den Schmuck, den ihr der Vater schenkte. Die Schriften eröffneten ihr in dem abgeschlossenen Haus eine Welt, die bunt und vielfältig war. Von allen Büchern liebte sie am meisten die Geschichten aus der Bibel. Sie war mit dem Urvater Abraham und seiner Frau Sara so vertraut, als wäre sie ein ständiger Gast in ihrem Zelt, sie bewunderte Moses, der die Kinder Israel aus der ägyptischen Sklaverei in die Freiheit geführt hatte, und immer wieder las sie die Geschichte von Joseph, der, von seinen Brüdern verkauft, in Ägypten zum Stellvertreter des Pharaos erhoben wurde. Als Flora älter wurde, genügte ihr die Bibel in der Ausgabe für Kinder nicht mehr, und sie bat ihren Vater, er möge einen Lehrer für sie suchen, der ihr die hebräischen Lettern beibringen und sie die heilige Sprache lehren möge. Dieses Ansinnen ging selbst Schmuel, der seiner Tochter keine Wünsche abschlug, zu weit. »Die heilige Sprache ist nicht für Frauen, Flora«, sagte er zu seiner enttäuschten Tochter.

Als Flora ins heiratsfähige Alter kam, baten reiche und angesehene Familien um ihre Hand, aber Schmuel wies alle ab. Flora erschien ihm noch zu jung zum Heiraten, das Herz brach ihm, wenn er daran dachte, daß seine Tochter das Haus verlassen würde. Aber lange konnte er sich nicht mehr sträuben. »Flora ist bereits achtzehn Jahre alt«, sagte Madelaine, »ich war sechzehn bei meiner Hochzeit. Es ist das Los der Eltern, sich von den Kindern zu trennen.«

Einige Zeit später führte der Zufall Schmuel ben Schoschan in die Stadt, in der Chaim ben Baruch lebte. Der Tuchhändler Rafael Nechmias bot ihm einige Ballen chinesischer Seide zu einem guten Preis an, und Schmuel beabsichtigte, einen seiner Vertrauensmänner hinzuschicken, damit er die Ware begutachten solle. Ein unvorhergesehener Unfall hielt den Beauftragten von der Reise ab, und Schmuel beschloß, sich selbst auf den Weg zu machen. Als er den Laden von Rafael betrat, fand er außer dem Inhaber dessen Sohn Assaf und Nissim ben Baruch darin vor. Rafael und Assaf begrüßten ihn ehrfürchtig, und in einer Messingkanne mit einem langen, spitzen Schnabel kochte Rafael für seinen Gast selbst den Kaffee und servierte ihn in kleinen Porzellantassen. Zuerst unterhielten sich die Männer darüber, was es Neues auf dem Basar gäbe, danach verließen auf einen Wink Rafaels Assaf und Nissim das Geschäft.

»Wer war das?« fragte Nissim.

»Das weißt du nicht?« wunderte sich Assaf, »das war Schmuel ben Schoschan«, und er begann von dem märchenhaften Reichtum und seiner wunderschönen Tochter zu erzählen. Auch Schmuel wollte wissen, wer der junge Mann gewesen sei, der mit Assaf hinausgegangen war.

»Das war Nissim, der Sohn des Rabbi Chaim ben Baruch«, erklärte Rafael, »sein Großvater, nach dem er benannt ist, war ein Heiliger«, und Rafael berichtete von den Wundertaten des verstorbenen Nissim ben Baruch. »Im nächsten Monat jährt sich der zwanzigste Todestag, und die gesamte Gemeinde wird die Helula an seinem Grab feiern«, beendete Rafael seine Erklärungen.

Als Nissim vom Reichtum ben Schoschans und der Schönheit seiner Tochter Flora vernommen hatte, ließ ihn der Gedanke an sie keine Ruhe. Wie benommen lief er die folgenden Tage auf dem Basar herum und war überglücklich, als Rafael ihn bat, er möge ihn und Assaf auf ihrer Reise zu Schmuel ben Schoschan begleiten. Die Kaufleute waren sich handelseinig geworden, und er mußte die Seide abliefern. Am frühen Morgen sattelten sie ihre Pferde, luden die schweren Ballen auf die Maultiere und machten sich auf den Weg. Die Sonne stand schon tief im Westen, als sie die Tuchgewölbe von Schmuel ben Schoschan erreichten. In den riesigen Hallen verhandelten Verkäufer mit Kunden, es war ein unaufhörliches Kommen und Gehen. Als Schmuel gemeldet wurde, daß Rafael mit der Ware angelangt sei, ging er ihm entgegen und begrüßte ihn freundlich. Bedienstete luden die Seidenstoffe ab und verstauten sie zwischen anderen Ballen. Die Dunkelheit brach herein. Schmuel lud Rafael, Assaf und Nissim ein, bei ihm zu übernachten, damit sie am nächsten Morgen ausgeruht ihren Heimweg antreten könnten.

In seinem Haus bewirtete Schmuel seine Gäste zuerst mit Getränken und Nüssen. Kurz darauf erschienen Madelaine und Flora, um die Anwesenden zu begrüßen und zu Tisch zu bitten. Nissim ließ Flora keinen Moment aus den Augen. Ihr kupferrotes Haar hatte sie zu dicken Zöpfen geflochten, die von zwei Perlenspangen gehalten wurden. Im Gegensatz zu ihrer Mutter, deren Arme mit Goldreifen überladen waren, trug sie nur zwei schmale Armbänder und eine Chamsa auf der Brust. »Wenn sie mein wäre«, dachte Nissim, »würde ich sie mit Edelsteinen überhäufen, und immer noch wäre sie der Diamant unter den Juwelen.« Madelaine setzte sich mit den Gästen an den Tisch, während Flora jedesmal nur für einige Augenblicke ins Zimmer kam, um die vollen Schüsseln mit Salaten, eingelegten Gurken und Oliven, die in Gemüse gedünsteten Fische und das geröstete Lammfleisch hereinzubringen. Nachdem sie serviert hatte, zog sie sich zurück, und Nissim sah sie weder am Abend noch am folgenden Morgen wieder. Als er heimkam, erzählte er seiner Mutter von dem Besuch bei Schmuel ben Schoschan und bat Chassiba, beim Vater ein gutes Wort einzulegen, damit er für ihn um die Hand von Flora anhielt.

Chaim gefiel dieser Vorschlag nicht. Er hatte im Sinn gehabt, seinen Sohn mit der Tochter eines Gelehrten zu verheiraten, damit sie ihn auf den Weg seiner Vorfahren brächte. Seit seiner Bar Mitzwa hatte Nissim aufgehört zu lernen und machte, zum Leidwesen seiner Eltern, den Basar zu seiner Schule, während ihn die Bücher abstießen. »Das wird das Ende unserer gelehrten Familie sein. Anstatt Gott zu dienen, werden sich unsere Nachkommen auf den Basaren herumtreiben«, antwortete er auf Chassibas Vorschlag und wies ihr Ansinnen schroff zurück. Chaim beschloß, sofort nach der Helula eine Braut für Nissim zu suchen. »Vielleicht wird einer Frau gelingen, was die Eltern nicht konnten«, dachte er, »vielleicht wird er seiner Frau zuliebe gottesfürchtig werden und sich um die Gemeinde statt um den Basar kümmern.«

Die Helula kam heran, und Chaim sattelte das Maultier mit dem Zelt und Speisen für acht Tage. Gemeinsam mit Chassiba und Nissim zog er zu Fuß zur Grabeshöhle. Viel Volk versammelte sich im Laufe des Tages. Überall wurden die Zelte aufgeschlagen, unzählige Kerzen auf dem Grabstein des Heiligen angezündet und mit Freude und Gebeten seiner Wundertaten gedacht. Frauen, Männer und Kinder drängten sich um den Grabstein, küßten ihn und baten Nissim ben Baruch um Hilfe. Auch Chaim bat seinen Vater um Beistand an, daß er die rechte Frau für Nissim finden möge, damit ihr altes Rabbinergeschlecht nicht endgültig in dieser Welt zugrunde ginge.

Wenige Tage nach der Helula erschien unerwartet Rafael Nechmias bei Chaim ben Baruch und erzählte, daß Schmuel ben Schoschan Gefallen an Nissim gefunden hätte. Chaim erschrak über diese Nachricht. Zornig wollte er absagen, aber

156

Rafael bat ihn, er möge einige Tage über den Vorschlag nachdenken. Als Nissim hörte, weswegen Rafael seinen Vater aufgesucht hatte und daß dieser seine Zusage nicht geben wollte, war er außer sich. Er drohte, für immer von zu Hause fortzugehen oder sich das Leben zu nehmen, wenn Chaim sich weiterhin ablehnend verhielt. Chassiba weinte und bat ihren Mann um ein Einsehen, bis er schließlich einwilligte. Die Familien trafen sich im Haus von Schmuel ben Schoschan. Sie feierten die Verlobung, und der Tag der Hochzeit wurde festgesetzt.

Es heiratete der Enkel des großen Heiligen die Tochter des reichsten Mannes, und die Wunder, die sich angeblich bei der Hochzeit abgespielt hatten, wurden von Mund zu Mund weitergegeben. Gelehrsamkeit und Reichtum paarten sich, und der Glanz war so überwältigend, daß sogar der Neid verstummte. Mit einer reichen Aussteuer und vielen Geschenken verließ Flora Vater und Mutter und zog in das Haus ihrer Schwiegereltern ein.

Als sie das erste Mal das Zimmer von Chaim ben Baruch erblickte, die alten Folianten und die schweren Bücher sah, erzitterte sie vor Freude, und sie hoffte, ihr Mann Nissim würde sie unterrichten. In diesen Büchern schlummerten jahrtausendealte Geheimnisse, zu denen sie als Frau niemals Zugang gehabt hatte, und tausend Fragen bewegten ihr Herz. Das Haus von Chaim ben

157

Baruch atmete Gelehrsamkeit und Wissen, und vom ersten Augenblick an fühlte sich Flora wohl. Um so verwunderter war sie, als sie feststellte, daß Nissim seine Tage nicht in der Studierstube seines Vaters verbrachte. Schnell merkte Flora, daß sie keinen Gelehrten, sondern einen Kaufmann geheiratet hatte, dessen kaufmännisches Geschick nicht im entferntesten an das ihres Vaters heranreichte. Sie hatte in ihm den Enkel des heiligen Nissim ben Baruch gesehen, und nun stellte sich heraus, daß er nur Interesse für den Basar und Geschäfte hatte. Und nichts, was er tat, war ihr recht. Erzählte er ihr von einem Geschäftsabschluß, dann drehte sie den Kopf weg, brachte er ihr ein Schmuckstück vom Basar mit, dann legte sie es achtlos beiseite, und als sie seine Freunde sah, zog sie voller Ekel ihre Mundwinkel nach unten. Je mehr sie ihren Mann verachtete, desto enger schloß sie sich den Schwiegereltern an. Sie legte jeglichen Schmuck ab und zog ebenso wie Chassiba dunkle Gewänder an. Als Nissim sah, daß seine Frau den Eltern nacheiferte und sich der Religion ergab, mied er ihre Nähe. So lebten beide unglücklich nebeneinander, und ihr Zusammenleben wurde immer unerträglicher.

Eines Morgens, als Chaim ben Baruch in der Synagoge betete, betrat Flora sein Zimmer. Scheu berührte sie die alten Bücher und atmete den Geruch von dem vergilbten Papier ein. Sie setzte sich auf den Boden, verbarg den Kopf zwischen den Knien und schluchzte wie ein Klageweib am Bett eines Toten. Sie konnte sich auch nicht beruhigen, als Chaim ins Zimmer kam und sie erstaunt ansah. Er fragte, warum sie weine. Sie wolle zu den Eltern zurückkehren, klagte sie, das Leben mit Nissim könne sie nicht aushalten. Er sei kaum zu Hause, streife ständig auf den Basaren herum, überhaupt gelte sein einziges Interesse nur dem Geld.

Still hörte Chaim ben Baruch die Vorwürfe seiner Schwiegertochter an. »Gottes Wege sind unergründbar«, dachte er. Wie sehr hatte er sich gegen die Ehe seines Sohnes mit Flora gesträubt, aber längst hatte er erkannt, daß nicht durch Nissim, sondern durch Flora das alte Rabbinergeschlecht erhalten bleiben würde.

»Wer bist du«, tadelte er sie, »daß du mit Gott zürnst. Da es ihm gefallen hat, dir Nissim zum Manne zu geben, wird Er wissen, warum es geschehen ist. Erst wenn du dich Gott ganz überlassen wirst, dann wirst du die unterste Sprosse der Erkenntnis erklimmen.« Schweigend verließ Flora das Zimmer.

Flora gebar Nissim sieben Kinder, fünf Söhne und zwei Töchter, und es fügten sich die Glieder wieder zu einer Kette. Ihr ältester Sohn Joseph trug die Weisheit seiner Vorfahren in sich und war der Lehre ergeben, so wie seine Ahnen. Viel hatte Flora gelernt, und als Chaim auf seinem Totenbett die Worte des Predigers wiederholte, verstand sie ihn. »Es ist alles eitel«, flüsterte Chaim ben Baruch, »darum fürchte Gott und halte seine Gebote.«

»Was hat der Großvater gemeint?« fragte Joseph seine Mutter.

»Du wirst seine Worte noch verstehen«, gab sie ihm zur Antwort.

DAVID UND BATSCHEWA

Sieben Jahre stand das kleine Haus gegenüber Davids Wohnung leer, und die Zeit begann, es unaufhaltsam anzuknabbern. Einige Ziegelsteine waren heruntergefallen, und Katzen krochen durch das Loch in das Innere des Dachgewölbes in der Hoffnung, eine Maus oder eine verirrte Taube zu fangen. Spielende Kinder hatten um die Wette die Fensterscheiben eingeschlagen und die Türen aus den Angeln gehoben. Der gelbgraue Verputz blätterte ab, und die rohen Betonblöcke blickten aus den Löchern wie verschimmeltes Fleisch aus einer offenen Wunde. Das herrenlose Haus fiel allmählich in sich zusammen, und wenn David aus dem Fenster schaute, sah er über das zerbrochene Dach hinweg bis hinunter zum Park. Jedesmal, wenn er in die blinden Fenster des alten Hauses hinuntersah, dachte er: »Das beste wäre, die Ruine abzureißen und an ihrer Stelle einen Garten zu pflanzen.« In manchen Nächten trieben sich unbekannte Gestalten in der Nähe des verwahrlosten Grundstücks herum, und die Hunde in der Nachbarschaft begannen zu bellen und raubten David den Schlaf. Er schlief ohnehin schlecht. In seinem Kopf schwirrten Worte und Gedanken, die sich schwer zu einem sinnvollen Satz zusammenfügen ließen. David war Dichter, Schriftsteller und Journalist zugleich, aber einer von jener unglücklichen Sorte, die um jedes Wort ringen und deren Gedichte und Geschichten keiner liest. Er war froh, wenn eine Zeitung von ihm einen kleinen Artikel im Feuilleton abdruckte. Den schnitt er dann sorgfältig aus, ließ ihn unter einer Glasscheibe einrahmen und hängte ihn sich über seinen Schreibtisch. Leider hatte er nur wenige solcher kostbaren Bilder, aber er träumte davon, eines Tages einen Verleger für seine Gedichte und Geschichten zu finden und ein Buch herauszugeben.

Eines Tages ziehen Handwerker in das Haus gegenüber ein und klopfen, hämmern, kratzen und rattern bis spät in die Nacht. Das alte Gemäuer stöhnt, als risse man ihm die Eingeweide heraus. Die Bauarbeiter verschieben Wände, tragen das Dach ab und setzen vor Davids erschrockenen Augen Stein um Stein auf die alten Mauern. Über Nacht ist das Haus um ein Stockwerk gewachsen und nimmt David die Aussicht auf den Park. Er sieht jetzt direkt in die Wohnung, und mit höhnischem Grinsen versperren ihm Ziegel und Steine den Blick in die Weite.

David leidet. Stundenlang sitzt er vor dem

162

Schreibtisch, preßt die Hände gegen die Schläfen, und sein Kopf dröhnt wie die Betontrommel auf der Baustelle. »Ich werde mich rächen«, denkt er, »ich werde einen scharfen Artikel auf der ersten Seite der Stadtrundschau veröffentlichen«, und wütend beginnt er am Bleistift zu kauen und seine Gedanken zu sammeln. Aber er bringt nur armselige Wortfetzen aufs Papier, halbe Sätze mit pathetischem Anfang, denen der Schluß fehlt. Und während er über dem Zeitungsaufsatz grübelt, sieht er ohnmächtig zu, wie die Mauern verputzt, die Fenster eingesetzt, die Rahmen gestrichen, das Dach gedeckt werden, und spöttisch ruft ihm das Haus zu: »Abreißen wolltest du mich und einen Garten an meiner Stelle pflanzen. Nicht einmal einen lächerlichen Artikel bringst du gegen mich fertig.«

Eines Tages hört das Hämmern auf. Es fahren zwei Möbelwagen vor, und Lastträger schleppen schwere Schränke, massive Tische, kunstvoll gedrechselte Stühle, zwei Ohrensessel, wuchtige Bilderrahmen und eine Unzahl von Kisten und Kartons in das Haus. Nun beginnt es dort zu rascheln, zu rücken, zu reißen und zu schieben. Wenn David aus dem Fenster schaut, wünscht er dem Haus, ein Erdbeben möge es erschüttern und es wie ein Kartenhaus zusammenfallen lassen, oder ein Feuer möge es auffressen und an seiner Stelle einen schwarzen Fleck zurücklassen. Statt dessen bekommt das herausgeputzte

164

Gebäude einen Namen. Auf dem Messingschild an der Eingangstür steht: Uri und Batschewa Neman. Am liebsten hätte David das Schild heruntergerissen, es verbogen und auf ihm herumgetrampelt, so, wie seine Eigentümer auf seiner Aussicht herumgetrampelt sind. Er malt sich aus, wie aufgrund seines Artikels eine protestierende Menschenmenge vor dem Haus Stellung bezieht und Uri und Batschewa Neman zwingt, es niederzureißen. Mit allen Flüchen, die ihm einfallen, bedenkt er die beiden, die er bis jetzt noch gar nicht zu Gesicht bekommen hat. Aber in Gedanken sieht David sie bereits vor sich. Sie, ein breites, wuchtiges Weib mit schweren Goldketten um den feisten Nacken, er, ein ebenso fetter Fleischberg mit einer Zigarre im Mund und schütterem, grauem Haar. Beim Sprechen schnaubt er wie ein Nilpferd, während ihr das Doppelkinn wackelt, wenn sie in dem behäbigen Ohrensessel döst. In der Hitze verschmiert sich ihre rote Schminke auf den wulstigen feuchten Lippen, und gemeinsam lachen sie über David, der sich nicht getraut hat, gegen das Haus vorzugehen, und jetzt wie eine Maus in der zugeschnappten Falle sitzt und verbittert flucht.

Sie sind eingezogen. Batschewa ist zwanzig Jahre alt, Uri nur wenig älter. Wie ein Wiesel klettert sie im Haus herum, mit einer hellen, vollen Stimme singt sie wie ein Vogel. Sie ist knabenhaft schlank, nur die langen, dichten, schwarzgelockten Haare geben ihr ein mädchenhaftes Aussehen. Ihre Augen sind hellbraun wie die Schale der Mandel, und ihre Haut hat den olivenfarbigen Schimmer der dunkelhaarigen Frauen im Orient. »Sie paßt nicht in das Haus«, denkt David, als er sie zum erstenmal sieht. »Sie ist wie ein Vogel, der in einem luftigen Nest wohnen sollte und nicht in einer klobigen Villa mit wuchtigen Möbeln«, und während er verstohlen Batschewa beobachtet, kommt es ihm vor, als sei das Haus ein wenig schlanker und zierlicher geworden.

Es ist eine heiße Nacht, und obwohl alle Fenster in der Wohnung geöffnet sind, zieht kein Wind durch die Räume. Die Luft steht stickig und schwer, und die Mücken plagen die Haut. David kann nicht einschlafen. Er wälzt sich im Bett von einer Seite auf die andere und beschließt, ein kaltes Glas Wasser zu trinken. Im Dunkeln sucht er seine Pantoffeln. Da es eine Vollmondnacht ist, sieht er im hellen Mondstrahl, daß sein rechter Hausschuh unter dem Schreibtisch liegt. Gähnend holt er ihn mit den Füßen hervor und schaut zufällig aus dem Fenster. Das Nachbarhaus ist, bis auf das Badezimmer, dunkel. Batschewa steht unbekleidet in der Badewanne, und mit dem scharfen Wasserstrahl aus der Handbrause massiert sie ihren Körper. Ihre Haare hat sie zu einem Pferdeschwanz zusammengebunden, und mit der freien Hand seift sie sorgfältig die Brüste und den Bauch ein. David dreht den Kopf weg.

166

Batschewa ist verheiratet. Eine unverheiratete Frau im geheimen zu beobachten ist schamlos, um wieviel mehr eine Frau, die einen Mann hat. David geht zum Wasserhahn und wäscht sich das Gesicht. Er holt ein Glas, läßt es mit kaltem Wasser vollaufen und trinkt. Durch das Fenster sieht er den leuchtenden, roten Mond. »Wirf einen Blick auf mich«, lockt der Mond, »ich bin heute so voll und schön, nur einmal im Monat kannst du mich in meiner runden Pracht sehen.« David geht ans Fenster, und vom Mond gleitet sein Blick auf das nachbarliche Haus. Batschewa hält das Handtuch in beiden Händen und reibt sich den Rücken trocken. Den Kopf hat sie rückwärts gebogen, und ihr schlanker Körper ist gespannt wie ein junger Baum, dessen Krone man mit einem Seil nach hinten gezogen hat. Sie hat kleine, spitze Brüste wie ein Mädchen in der Pubertät. David schließt die Augen. Als er sie wieder öffnet, sieht er, wie Batschewa ihre wallenden, blauschwarzen Haare bürstet. Sie hat die Mähne nach vorne geschüttelt, und die Haare bedecken ihr Haupt wie ein schwarzer Schleier das Angesicht einer Braut. Mit einem weißen Kamm aus Elfenbein scheitelt sie das Haar und kämmt es seitlich über die rechte Schulter. Sie zieht ein weißes Nachthemd an und beschaut sich im Spiegel. Ihr Bild gefällt ihr. Sie lächelt dem Spiegel zu und verläßt das Bad.

David ist vollkommen wach. Sein Herz klopft,

und auch noch nachdem Batschewa seinen Blicken entschwunden ist, sieht er sie. Er legt sich ins Bett und sieht sie duschen, er schließt die Augen, und Batschewa trocknet sich mit einem großen, blauen Badetuch ab, er fühlt die kühle Wand neben seinem Bett, sie öffnet sich, die Mauer des Nachbarhauses verschwindet, und er sieht Batschewa schlafen. David fühlt sie, er riecht sie, er spürt sie. Sie ist bei ihm im Bett, er tastet ihren schmalen Körper ab, wickelt das feste Haar um seine Hand, streichelt die mädchenhafte Frau, küßt ihre Brust und den Nabel und schläft mit ihr. David öffnet die Augen. Das Zimmer ist dunkel, nur der Mond erhellt es. Er kann nicht schlafen, sondern steht auf und sieht zum Nachbarhaus hinüber. Es ist still und finster. David legt sich ins Bett zurück, aber der Schlaf hat beschlossen, in dieser Nacht nicht zu ihm zu kommen. Von einer Seite dreht er sich auf die andere, er möchte rufen: »Batschewa, komm«, aber sie liegt im Bett von Uri. David steht wieder auf und knipst das Licht an. Der elektrische Schein blendet für einen Moment seine Augen. Er setzt sich an den Schreibtisch, holt ein weißes Blatt Papier hervor und beginnt zu dichten. »Ob alle Verliebten dichten?« fragt er sich, während er am Bleistift kaut und nach Worten sucht. »Batschewa, Batschewa«, schreibt er hin, aber darauf fällt ihm kein Reim ein. »Tausend Nadeln stechen mich unter meiner Haut, wie glühende Kohlen brechen

168

Begierden in mir auf.« David schaut auf das Gedicht. Das ist nicht gut, es klingt banal. »Mir deinen Körper zu geben, den ich unendlich begehr', mich in dein Bett zu legen, nach dem ich mich verzehr'«, dichtet er aufs neue. »Warum ist alles so steif«, ärgert sich David, »ich platze, ich zerfließe, und die Worte klingen hohl. Nichts kann ich tun, weder rasten noch ruhn, Blut brodelt und wallt, Gier mich umkrallt.« Nachdem er das letzte Gedicht gelesen hat, zerknüllt er das Papier und wirft es in den Papierkorb. Es tagt, der anthrazitfarbene Himmel wird grau, und die Sonne bemächtigt sich endgültig der Nacht.

David beschließt, nicht mehr in das andere Haus hinüberzusehen. Batschewa ist fast zwanzig Jahre jünger als er, verheiratet, sie hat mit ihm nichts im Sinn, und er sollte sie aus seinen Gedanken vertreiben. In der folgenden Nacht liegt David wieder wach im Bett. Er wälzt sich hin und her, die Moskitos summen um seine Ohren, und es zieht ihn zum Fenster wie eine Motte zum Licht. Er steht auf und sieht zum Nachbarhaus hinüber. Batschewa sitzt unbekleidet auf einem Hocker im Badezimmer und lackiert ihre Fußnägel. Den rechten Fuß hat sie hochgezogen, und vorsichtig fährt sie mit dem kleinen Pinsel über die Nägel. Die frisch gewaschenen Haare hat sie zu einem Knoten zusammengebunden und am Hinterkopf festgesteckt. Kleine Löckchen kräuseln sich an den Schläfen und geben ihr ein kindliches Aussehen. Davids Blick gleitet an ihrem jungen Körper hinunter. Sie ist schmalhüftig, und im Gegensatz zu vielen Frauen im Orient ist kein Gramm Fett zuviel an ihr. Nachdem Batschewa die Pediküre beendet hat, zieht sie einen seidenen Kimono an und verläßt das Badezimmer.

David setzt sich an den Tisch, knipst die Wandlampe an und holt ein Blatt Papier hervor. »Batschewa«, kritzelt er, »Batschewa, Batschewa, Batschewa.« Es erleichtert ihn nicht, im Gegenteil, der Name schwirrt wie eine lästige Fliege um ihn herum. »Ich muß etwas ganz anderes schreiben«, überlegt er. »Es war einmal ein Ungeheuer, das war ungeheuer ungeheuerlich. Es hatte drei, nein, sieben Köpfe, achtundzwanzig Arme und ebensoviele Beine. Sobald es den Arm ausstreckte und einen Menschen berührte, verfiel ihm der Unglückliche und mußte dem Ungeheuer dienen. Tag und Nacht mußte er sich um das Untier bemühen, um es zufriedenzustellen. Das Seltsame war, daß niemand dem Ungeheuer dafür grollte. Im Gegenteil, es gab keinen Dienst, der schöner gewesen, kein Vergnügen, das größer und dem man lieber nachgegangen wäre. Das Ungeheuer hatte eine entsetzliche Eigenschaft. Der von ihm Berührte vergaß Vater und Mutter, sogar Frau und Kinder, Beruf und Ansehen, alles, was ihm einst wichtig war. Das Ungeheuer trat ihn, spie ihn an, schlug ihn und verursachte ungeahnte Schmerzen, aber jeder dieser Schmerzen

170

war leidvoll und wollüstig, lebendig und ergreifend.« David schläft über dem Papier ein.

Seine Tage verwandeln sich in Nächte, die Nächte in Tage. Sobald es dunkel wird, setzt er sich ans Fenster und wartet, bis Batschewa ins Badezimmer kommt. Er kennt jedes Glied ihres schlanken Körpers, jeden Wirbel, jede Bewegung ist ihm vertraut, und sobald sie das Licht löscht, schreibt er an seiner ungeheuerlichen Geschichte weiter.

»Manchmal, und das kam selten vor, war das Ungeheuer gut gelaunt. Dann erlaubte es seinen Sklaven, den Mund zu küssen oder eine der zahllosen Brüste zu berühren. Keine Wonne kam dieser Wonne gleich, bis in die Tiefen seines Inneren erzitterte der Beglückte. Aber sofort entzog es ihm die Brust, stieß ihn mit einem scharfen Ruck fort oder stach ihm mit einem Messer direkt ins Herz. Blutend wand sich der Verwundete und winselte um einen Kuß oder ein Lächeln. Aber das Ungeheuer grinste höhnisch und böse.«

Eines Nachts bemerkt David, daß sich irgend etwas an Batschewa verändert hat. Eine Kleinigkeit nur, aber es ist etwas anders. Ihre Brustwarzen kommen ihm größer und um eine Spur dunkler vor. Er wundert sich. »Vielleicht irre ich mich«, denkt er. In den folgenden Tagen bemerkt er, daß die Brust ein wenig anschwillt und auf dem Bauch ein brauner Streifen zwischen der Schamgegend und dem Bauchnabel hervortritt. David kann sich die Veränderung nicht erklären. Bat-

171

schewa erscheint ihm weicher, und wenn sie in den Spiegel schaut, liegt ein eigenartiges Lächeln auf ihrem Mund. »Das Ungeheuer hatte eine so zarte, samtene Haut«, schreibt David in dieser Nacht, »die ihr Verfallenen konnten diese Haut spüren, ohne sie zu berühren. In Wirklichkeit war das Ungeheuer abschreckend und häßlich, bösartig und bestialisch, und doch erschien es den Unglücklichen wunderschön, und es war ihr größter Wunsch, einmal diese zarte und kühle Haut zu berühren. Um das zu vermeiden, hatte das Ungeheuer eine Glasmauer um sich herum gebaut, und die Unglücklichen konnten nur die Nase an der kalten Scheibe eindrücken und das gefühllose Glas streicheln, während vor ihnen die Wonnen dieser Welt lagen, ohne daß sie sie jemals greifen konnten.«

Batschewa verändert sich von Abend zu Abend. Die Brüste werden praller, und der flache Bauch beginnt sich zu wölben. Auch ein Blinder sieht nun, daß Batschewa ein Kind erwartet. Diese Erkenntnis überwältigt David. Ist es möglich, daß seine Gedanken sie in jener ersten Nacht geschwängert haben? Ist es möglich, daß der Geist die Materie besiegt? In jener Nacht ist er über sich und die Mauern der beiden Häuser hinausgewachsen. Seine Wünsche hatten die Wände beiseite geschoben, er hatte sie bei sich im Bett gehabt, und nur von ihm kann dieses Kind in Batschewa sein. Mit jeder Veränderung ihres

172

Körpers wächst seine Erregung. »Durch metaphysische Kräfte hatte ein Sklave die Glasmauer überwunden und war in das Ungeheuer eingedrungen«, schreibt David, »die Macht der Gedanken überwand jede Barriere.« Jede Nacht arbeitet David an seiner Geschichte. Der Sklave nimmt Gestalt an, und das Ungeheuer verändert sich. Immer tiefer dringt der Sklave in das Innere des Untiers ein. Alle Wonnen erfüllen sich und vergrößern die Begierden. Schließlich bemächtigt sich der Sklave des Ungeheuers, wird stärker, größer, während das Untier schrumpft. Es zieht sich zusammen, bis es vernichtet ist und sich auflöst. Der Sieger steht bekränzt da und sehnt sich nach seiner Sklavenzeit zurück.

David fiebert dem Tag der Entbindung entgegen. Er schreibt um die Wette mit Batschewas Schwangerschaft. Wie eine Wahnidee hat sich der Gedanke in ihm festgesetzt, daß sein Manuskript fertig sein muß, bevor das Kind auf die Welt kommt. Aber er kann nur in den Nächten schreiben, wenn er Batschewa sieht. Als sie für einige Tage mit ihrem Mann verreist, steht er stundenlang vor den finsteren Fenstern, und seine Gedanken lassen sich nicht zusammenfügen. Er stiert auf das dunkle Haus, das von seiner Seele Besitz genommen hat. Manchmal geht er am Tag am Eingang vorüber, und verstohlen küßt er den Namen Batschewa auf dem Messingschild. Wie gerne hätte er mit einem Messer Uris Namen ausgekratzt und David an seine Stelle gesetzt, aber das kann nur sein Sklave mit den vielen Liebhabern des Ungeheuers tun. Sobald Batschewa sich wieder am Fenster zeigt, arbeitet David weiter. Seite um Seite entsteht der Roman, er wächst, bekommt Form, und die Handlung wird zusammenhängender. In der Nacht, als David beobachtet, wie unvermutet klares Wasser aus Batschewas Scheide fließt, sie erschrocken ein Handtuch zwischen die Schenkel klemmt und in aller Hast von Uri in das Krankenhaus gefahren wird, schreibt David den letzten Satz nieder.

Batschewa schenkt einem Sohn das Leben, und David legt das Manuskript in einen Briefumschlag. Er schickt es an einen Verlag. Als Batschewa nach Hause kommt und das Kind stillt, liest der Lektor die ersten Seiten von Davids Roman. Batschewa legt das Kind vorsichtig auf die Kommode, wickelt es, küßt die Stirn ihres Sohnes, und der Lektor legt Davids Manuskript aus der Hand. »Ist er nicht süß?« fragt Batschewa lächelnd Uri. »Wieder so ein Unsinn«, bemerkt der Lektor zum Verleger und schiebt das Manuskript in einen braunen Umschlag mit einem vorgedruckten Zettel, auf dem steht, daß es sich um ein durchaus beachtenswertes Werk handle, nur sehe sich der Verlag im Moment aus finanziellen Gründen nicht in der Lage, diesen Roman zu verlegen. Am nächsten Morgen geht David zum Briefkasten hinunter und findet das große Ku-

174

vert. Im selben Moment kommt Batschewa mit dem Kinderwagen aus dem Haustor. Sie stehen sich einen Moment gegenüber, und David fragt: »Darf ich das Kind sehen?«

»Aber natürlich«, antwortet die junge Mutter und hebt die Decke ein wenig hoch. Der Säugling schläft. Er hat die Hände zu Fäustchen geballt und das Gesicht zur Seite geneigt.

»Ich würde dir das gerne schenken, aber dafür bist du noch ein bißchen zu jung«, lächelt David dem Kind zu und deutet auf das Manuskript.

»Was ist das?« will Batschewa wissen.

»Ich habe einen Roman geschrieben«, antwortet David.

»Ich bewundere Dichter«, sagt Batschewa. Das Kind schlägt die Augen auf und sieht David an, dessen Herzschlag eine Sekunde lang aussetzt.

»Der Geist hat die Mauern beiseite geschoben«, triumphiert Davids Seele, »wie sonst wäre es möglich, daß Uri und Batschewa braune Augen haben, während die Augen des Kindes grün sind, so wie meine eigenen.«

DIE FRAUEN AUS STEIN

Am Portal einer Kathedrale irgendwo in der Mitte Europas standen sich zwei Frauen gegenüber. Zwei Frauen aus Stein. Die Gestalt der einen war aufrecht, ihr Blick ruhig, auf dem Kopf ruhte die Krone, und in der Hand hielt sie ein Zepter, als Zeichen ihrer Macht. Die andere hatte den Kopf gesenkt, ihr Blick war auf den Boden gerichtet, dorthin, wo ihre Krone lag, die Hände waren leer und ihr Gesicht traurig. So standen sie sich regungslos gegenüber, Jahr um Jahr, Jahrzehnt um Jahrzehnt, Jahrhundert um Jahrhundert, die siegreiche Kirche und die besiegte Synagoge.

Die Jahrhunderte lasteten schwer auf dem Rükken der besiegten Synagoge. Ihr heiliges Land war von fremden Mächten besetzt, ihr Volk in alle Himmelsrichtungen zerstreut und ihre Lehre von den umliegenden Völkern verfolgt. Vielleicht hatte ihre Widersacherin, die Kirche, recht? »Beuge dein Knie, Synagoge«, riet sie ihr täglich, »sei nicht widerspenstig, komm unter meinen Schutz, so will ich dich erlösen. Kaiser und Kö-

176

nige, Mächtige und Schwache beten mich an, dienen mir und weihen mir ihre schönsten Länder und größten Städte. Wie lange willst du noch widerstehen? Siehst du denn nicht, in welch triumphalem Siegeszug ich die Welt erobere? Bist du mit Blindheit geschlagen? Du bist am Ende, Synagoge, und deine Lehre ist wertlos geworden. Folge mir, beuge dein Knie.«

Die Synagoge schwieg. Was sollte sie antworten? Die Kirche hatte recht. Täglich kamen Tausende und Abertausende, Hohe und Geringe, Prunkvolle und Armselige, Aufrechte und Gebrochene zur Kirche, weihten ihr ihre Herzen, beteten sie an, verehrten sie, und ihre steinerne Krone strahlte wie pures Gold, das mit Diamanten durchsetzt ist. Hingegen bedeckte der Staub der Jahrhunderte die Krone der Synagoge, die so stumpf und aschfahl war wie das Gesicht ihrer Besitzerin. »Meine Beine sind müde, mein Haupt ist schwer«, dachte sie manches Mal, »wer tröstet mich, die Trostlose?« Die Synagoge schloß die Augen und dachte an vergangene Zeiten, als Jerusalem noch ihr gehörte und der Tempel in der Mitte der Stadt stand. Aus allen Ecken und Enden pilgerte das Volk in die Davidstadt, um Opfergaben darzubringen und dem Herrn zu dienen. Von allen Städten war Jerusalem die heiligste, von allen Bauten der Tempel der heiligste, und in das Herz des Tempels durfte nur einmal im Jahr, am Versöhnungsfest, der Hohepriester

178

eintreten, um für das Volk zu beten. Brutale Soldatenstiefel zerstörten das Gotteshaus, legten Feuer in das Heiligste des Heiligtums, raubten die goldenen Opfergefäße und zerstampften die Stadt. In alle vier Himmelsrichtungen wurde das Volk zerstreut.

»Du hängst wieder den alten Träumen nach«, weckte die Kirche sie aus ihren Gedanken, »finde dich mit der Wirklichkeit ab. Nach der Zerstörung des Tempels hat Gott den neuen Bund mit mir geschlossen und mich aus dem Nichts aufgerichtet. Sogar die starke Festung Rom hat er mir übergeben, und die Römer, die mich in der Arena ihren wilden Bestien vorwarfen, beugen heute ihr Knie vor mir. Dich hat er verlassen. Du und dein Volk, ihr habt seinen Weinberg schlecht bestellt, ihr habt ihn nicht erkannt, darum liegt Jerusalem brach, und auf den zerstreuten Steinblöcken des Tempels wächst Unkraut. Du wirst deine Knie beugen, wenn nicht heute, dann morgen, wenn nicht morgen, dann übermorgen.« Als die Synagoge das hörte, wurde ihr graues Gesicht noch um eine Spur blasser.

Von Zeit zu Zeit kamen Besucher zur Synagoge. Verschreckte Gäste mit verhärmten Gesichtern und ängstlichen Blicken. Sie schlichen sich vor das Portal und schütteten ihr schweres Herz aus. In einer Neumondnacht stand ein junger Mann auf dem Platz vor der Kathedrale. Er war höchstens zwanzig Jahre alt, sein lockiges, dunkles

179

Haar triefte vom Schweiß, und außer Atem rang er nach Luft. Seine Schuhe waren von einer langen Wanderung zerrissen, und unentwegt blickte er hinter sich, ob ihn nicht jemand verfolgte. Zu Tode erschöpft lehnte er sich an den Kastanienbaum gegenüber dem Portal, um sich von seiner großen Anstrengung ein wenig auszuruhen. Es war still, nur die Blätter des Baumes raschelten und raunten.

»Weswegen bist du so schnell gelaufen?« fragte eine Frauenstimme. Der junge Mann blickte sich erschrocken um. Niemand war in seiner Nähe. »Warum bist du so gehetzt?« hörte er noch einmal dieselbe Stimme fragen. Er schaute wieder in die Richtung, aus der die Stimme kam, und bemerkte nun die zwei Frauengestalten am Portal der Kathedrale. »Woher kommst du?« fragte die Synagoge zum drittenmal.

»Aus Nürnberg«, antwortete der Mann.

»Und vor wem flüchtest du?«

»Die Pest wütet in Deutschland. Sie holt sich ihre Opfer aus allen Familien. Es sterben Kinder und Greise, Vornehme und Geringe. In unvorstellbarer Zahl rafft der Schwarze Tod sie hin.«

»Vor der Pest kann man nicht fliehen, sie wird dich einholen«, sagte die Synagoge.

»Ich weiß«, entgegnete der Mann, »aber ich laufe nicht vor der Pest davon, sondern vor den Menschen.«

»Weswegen wollen sie dir etwas zuleide tun?« erkundigte sich die steinerne Frau.

180

»Weil ich Jude bin, und die Christen behaupten, die Juden hätten die Brunnen und Quellen vergiftet. So leiden wir doppelt unter der Pest. Wen die Seuche verschont, wird erschlagen oder verbrannt. Auf dem Marktplatz von Nürnberg wurde ein großer Scheiterhaufen errichtet. Meine Mutter, mein Vater und meine kleine Schwester hauchten in den Flammen ihre Seelen aus. Nur ich bin entkommen«, und der junge Mann schlug die Hände vors Gesicht und weinte wie ein geschlagenes Kind.

»Weine nicht«, sagte die Synagoge, »ich will dich mit den Worten des Propheten Amos trösten, der prophezeite: ›Denn ich will das Gefängnis meines Volkes Israel wenden, daß sie sollen die wüsten Städte bauen und bewohnen, Weinberge pflanzen und Wein davon trinken, Gärten machen und Früchte daraus essen. Denn ich will sie in ihr Land pflanzen, daß sie nicht mehr aus ihrem Lande ausgerottet werden, das ich ihnen gegeben habe, spricht der Herr dein Gott.‹ Lauf, mein Sohn«, sagte die Synagoge, »lauf und suche mein Land. Wenn du es gefunden hast, gib mir Kunde davon.« Es vergingen Jahre und Jahrzehnte, der junge Mann kehrte nicht zurück.

»Du mußt nicht warten, er ist untergegangen, so, wie dein Volk langsam untergeht«, sagte die siegreiche Kirche. »Beuge dein Knie und begib dich unter meine Herrschaft.« Es verging ein Jahrhundert und noch eines, der Machtbereich der Kirche

181

wuchs, sie wurde strahlender und schöner, während das Haupt der Synagoge tiefer sank. Allein gelassen verharrte sie in ihrer stummen Ohnmacht.

An einem regnerischen Sommertag humpelte eine alte Frau mühsam auf den Platz vor der Kathedrale. Sie stellte sich unter den Baum, damit er ihr ein wenig Schutz vor dem Regen böte. Aber der Baum hatte kein Einsehen mit ihr, von seinen Blättern tropfte das Wasser auf das graue Haupt und die eingesunkenen Schultern. Sie war schmutzig, ihr nasses, strähniges Haar hing ihr in die Stirn, und ein großer, zerrissener Umhang hüllte den dünnen Körper ein. In der einen Hand hielt sie ein Bündel, in der anderen einen abgebrochenen Ast, auf den sie sich stützte.

»Siehst du«, sagte sie zur Synagoge, »dies ist alles, was mir geblieben ist.«

»Woher kommst du?« fragte die Synagoge.

»Aus Segovia, einer Stadt in Spanien. Tausend Jahre lebten meine Vorfahren dort. Wir hatten Häuser und Weinberge, mein Bett war weich wie frischgeschorene Schafswolle, und die Räume waren so groß wie Palastsäle. Im Garten wuchsen Bäume, die die Vorfahren für mich gepflanzt hatten. Spaniens Sonne war meine Sonne, Spaniens Luft meine Luft, Spaniens Erde meine Erde.«

»Und warum bist du aus Spanien fortgegangen?«

»Ich bin nicht fortgegangen, ich bin fortgejagt worden, weil ich mich nicht zur Kirche bekehren

182

wollte. Wer sein Haupt nicht zur Taufe hinhielt, mußte Spanien verlassen. Meine drei Söhne knieten nieder, aber ich und mein Mann blieben aufrecht. Drei Tage weinten wir an den Gräbern unserer Vorfahren, der Abschied von unseren Kindern und Enkeln zerriß uns das Herz, aber wir beugten unsere Knie nicht. In der Nacht vor unserem Auszug holte mein Gatte deine Lehre hervor und sagte zu mir: ›Wir sind wie Abraham und Sara. Gott sprach zu Abraham, geh aus deinem Vaterlande und von deiner Freundschaft und aus deines Vaters Haus in ein Land, das ich dir zeigen will.‹ So haben wir Spaniens Erde verlassen, um in das Land zu ziehen, das Gott seinem Volk Israel verheißen hat. Mein Mann ist auf der Reise an Entkräftung gestorben, und ich irre umher und suche das Land.«

»Wenn du es gefunden hast, gib mir Kunde davon«, rief die Synagoge ihrer Besucherin zu, die müde, mit geschwollenen Beinen den Platz verließ. Die Frau kehrte nicht wieder, und ein Jahrhundert löste das andere ab. Der Kastanienbaum vor der Kathedrale wurde knorriger und schwächer, bis er langsam abstarb und gefällt wurde. An seiner Stelle pflanzte der Gärtner einen Sprößling, der zu einem starken und kräftigen Baum heranwuchs, unter dem die Spaziergänger verweilten und die Kathedrale andächtig betrachteten. Ein junger Maler stellte seine Staffelei unter dem Baum auf und malte das Gotteshaus mit feinen Strichen und zarten Farben. Jahrelang arbeitete er an dem Bild, jeder Stein, jede Nische, jeder Winkel der Fassade waren ihm vertraut. Der Maler erkannte das Wesen der zwei steinernen Frauen, und in seinem Bild fiel ein Sonnenstrahl auf die siegreiche Kirche und hüllte sie in einen goldenen Schimmer ein, und ihr Schatten verdunkelte die Gestalt der besiegten Synagoge. Je länger der Künstler die zwei Frauen malte, desto mehr nahmen sie von seinem Herz Besitz, und als er sein Bild vollendet hatte, konnte er sich von den steinernen Frauen nicht lösen. Er widmete ihnen seine Kunst und hielt ihre Gestalt auf Hunderten von Bildern und Skizzen fest. Beide waren sie vollkommen, die eine in ihrer Macht und Glorie, die andere in ihrer Trauer, und keine lebendige Frau hielt in seinen Augen den Vergleich mit ihnen stand. Die Jahre vergingen, die Haare des Malers wurden weiß, seine Zähne schütter und sein Augenlicht schwächer. Er kam nun nicht mehr täglich, immer seltener stellte er seine Staffelei auf, bis er eines Tages ganz wegblieb.

Und wieder vergingen Jahrzehnte, die sich zu Jahrhunderten zusammenfügten. Die Kirche hatte es aufgegeben, die Synagoge zu überreden und sie zum Kniefall zu bewegen. »Die Zeit erweicht alles, sie wird auch die Hartnäckigkeit der Synagoge erweichen«, dachte sie. Und wirklich, im Laufe der Jahrhunderte legte sich ein Schat-

184

ten über das Gedächtnis der Synagoge. Sie konnte sich nicht mehr erinnern, wie der heilige Tempel ausgesehen hatte, wie das Land und die Stadt waren, aus der sie kam, sogar die heilige Sprache begann sie zu vergessen. »Lange werde ich nicht mehr standhalten«, dachte sie, »niemand kommt, um mich zu trösten, keiner findet mein Land und den Weg zu mir.«

An einem Winterabend, es schneite, und die weißen Flocken leuchteten wie Diamantensplitter im Mondlicht auf dem stillen und friedlichen Platz vor dem Portal der Kathedrale, kroch ein Mann auf allen vieren durch den Schnee. Sein Kopf war kahlgeschoren, sein Gesicht ausgezehrt, seine Wangen eingefallen, er sah aus wie ein lebendiges Gerippe. Sein ausgemergelter Körper steckte in einem gestreiften Sträflingsanzug, seine bloßen Füße in Holzpantinen. Vor der Synagoge blieb er erschöpft auf dem Bauch liegen. Mit letzter Kraft drehte er sich um und blickte ihr ins Gesicht. Das Antlitz war totenbleich, nur die Augen brannten wie blutige Kohlen. Er spuckte die Synagoge an. »Ich hasse dich«, rief er ihr lautlos zu, »ich hasse dich. Zweitausend Jahre hielt mein Geschlecht in Liebe an dir fest, wie innig waren unsere Gebete, wie genau befolgten wir deine Gebote, wie ehrfürchtig küßten wir die heilige Thora. Ich hasse dich, Synagoge, sie vergasen und verbrennen uns, und du schweigst. Wo ist dein starker Gott, wo war er, als sie meine Kinder erschossen, meine Frau verbrannt und meine Eltern vergast haben? Dein Volk lodert lichterloh, und du bist still, erbarmungslos still. In riesigen Gruben liegen die Gebeine, sie vermodern und verfaulen, und täglich werden neue daraufgeworfen, und du schweigst.«

»Erinnere dich an die Prophezeiung Hesekiels, mein Sohn«, sagte die Synagoge, »erinnere dich, wie der Herr zu ihm sprach: ›Menschenkind, meinst du, daß diese Gebeine wieder lebendig werden?‹ Und er sprach: ›Herr, das weißt du wohl.‹ Und Hesekiel sprach zu den Knochen: ›Ihr verdorrten Gebeine, höret des Herrn Wort, siehe, ich will Odem in euch bringen, daß ihr lebendig werdet.‹

»Schweig, Synagoge«, weinte der Mann, »sie bringen den Odem aus den Gebeinen, und du rührst dich nicht.«

»So spricht der Herr«, fuhr die Synagoge fort, »ich will eure Gräber auftun und will euch, mein Volk, aus denselben herausholen und euch ins Land Israel bringen.«

»Warum bist du so verstockt, Synagoge, sie bringen uns in die Gräber, sie löschen uns aus, versteh doch, in die Gräber«, schluchzte der Mann.

»Und ich will meinen Geist in euch geben, daß ihr wieder leben sollt, und will euch in euer Land setzen, und ihr sollt erfahren, daß ich der Herr bin. Ich sage es und tue es auch, spricht der Herr. Hörst du, ich sage es und tue es auch.«

»Du lügst, Synagoge, ich glaube dir nicht, ich

glaube dir nichts mehr«, und der Mann hauchte seinen Geist aus.

Da erschütterte ein Schluchzen den Stein von innen heraus, bis in die Tiefe barst er, und die Synagoge war übersät mit Rissen. Sie sah aus, als würde sie im nächsten Moment zu Staub zerfallen. Ihre Krone fiel vom Portal in den wäßrigen Schnee, drei Finger brachen ab, und in die Wangen wuschen die nassen Schneeflocken zwei tiefe Furchen. Trotzdem fiel sie nicht. Sie wankte und schwankte, aber sie blieb stehen. Im Frühjahr nisteten Schwalben in ihren ausgehöhlten Augen, ihr Haupt verunreinigten Tauben, und ihr Inneres höhlten Insekten aus. Es vergingen der Sommer und der Winter, und ein Jahr reihte sich an das andere. Gleichförmig verliefen die Tage, im Sommer bummelten Bewunderer der Kathedrale vor dem Portal, im Winter blickten beide Frauen auf den leeren Platz, und kraftlos dachte die Synagoge an ihr schmähliches Ende.

Als der Kastanienbaum wieder blühte und ein süßer Duft über dem Platz lag, spielte ein zarter Lichtstrahl mit den blinden Augen der Synagoge, und ein leichter Wind legte sich wie ein Totengewand um ihre müden Glieder. Da kam ein Kind auf den Platz gelaufen, es sprang, hüpfte, sang vor Freude und war so unbekümmert und glücklich, wie ein Kind es nur an seinem Geburtstag ist. Es tollte auf dem Platz herum, lief den Tauben und Spatzen nach, rupfte Gräser aus der Erde

187

und riß weiße Blüten vom Kastanienbaum ab, die es zu einem Kranz zusammenflocht. Plötzlich sah es die beiden steinernen Frauen und erinnerte sich an etwas. Es stellte sich vor der edlen und aufrechten Kirche hin, die die Jahrhunderte verschönt und gestärkt hatten, und bewunderte ihre Größe und Herrlichkeit. Es nahm seinen weißen, duftenden Blütenkranz und legte ihn der strahlenden Frau zu Füßen. Danach schaute es auf die rissige Synagoge, die aussah, als würde sie bald endgültig zusammenbrechen, und holte aus seiner Tasche einen kleinen perlengroßen Stein. Den legte es der erbarmungswürdigen Gestalt in die wunde Hand.

»Für dich, Synagoge«, sagte das Kind.

»Mein Kind, welch eine vertraute Sprache höre ich.«

»Den Stein habe ich aus der Tempelmauer in Jerusalem herausgelöst, ich schenke ihn dir.« Und es löste sich eine Träne von den toten Augen, sie floß auf den Platz und verbreitete sich wie ein See, und das Wasser stieg in die Höhe, deckte beide steinernen Frauen zu, und die Kathedrale versank im endlosen Meer.

Worterklärungen

Bar Mitzwa: Einsegnung des dreizehnjährigen Jungen. Dabei wird ein Abschnitt aus der Thora vorgelesen. Am Abend findet häufig ein festliches Essen mit Musik und Tanz für die Eingeladenen statt.

Chanukka: Achttägiges Lichterfest zur Erinnerung an die Rückeroberung des Tempels durch die Makkabäer. Das Fest findet im Dezember statt.

Cheder: Religionsschule für Kleinkinder

Hamantaschen: Süßes Gebäck, das an Purim gegessen wird

Helula: Fest der marokkanischen Juden zum Gedenken an einen verstorbenen Heiligen

Hohe Feiertage: Rosch Haschana und Versöhnungsfest, das zehn Tage nach dem Neujahrsfest stattfindet

Kiddusch: Segensspruch über Wein und Brot am Freitag abend oder am Vorabend eines Festes

Koscher: erlaubt (in bezug auf Speisen), *unkoscher:* unerlaubt

Mea Shearim: Stadtteil von Jerusalem, in dem die orthodoxen Juden wohnen

189

Mohel: Religiöses Amt, das berechtigt, die Beschneidung am acht Tage alten Säugling durchzuführen

Pessach: Fest zur Erinnerung an den Auszug der Kinder Israel aus Ägypten. Anstelle von Brot wird Mazze gegessen. Findet um die Osterzeit statt

Purim: Freudenfest, an dem der Errettung der Juden in Persien gedacht wird

Rosch Haschana: Jüdisches Neujahrsfest, findet um September/Oktober statt

Schabbat: Samstag, heiliger Tag in der Woche

Seder: Pessachmahl, bei dem die Geschichte vom Auszug aus Ägypten vorgelesen wird

Sukkot: Laubhüttenfest

Talmud-Thora-Schule: Religiöse Schule, in der die Auseinandersetzung mit der Bibel und ihren Deutungen gelehrt wird